P. DE NOLHAC

LES CORRESPONDANTS
ALDE MANUCE

MATÉRIAUX NOUVEAUX D'HISTOIRE LITTÉRAIRE

[1483-1514]

ROME
IMPRIMERIE VATICANE
1888

P. DE NOLHAC

LES CORRESPONDANTS

D'ALDE MANUCE

MATÉRIAUX NOUVEAUX D'HISTOIRE LITTÉRAIRE

[1483-1514]

ROME
IMPRIMERIE VATICANE
1888

EXTRAIT DES « STUDI E DOCUMENTI DI STORIA E DIRITTO 1887-88. »

LES CORRESPONDANTS D'ALDE MANUCE

—

Alde Manuce est le plus grand imprimeur de l'Italie et le véritable créateur de la typographie grecque en Europe. On lui doit, outre tant de livres latins et italiens qui sont la joie des bibliophiles, la plupart des éditions princeps des grands auteurs grecs. Il a mis à la portée de tous, en établissant des textes et en les multipliant par la presse, une moitié des trésors de l'antiquité, jusque là réservée aux possesseurs de manuscrits; il a fait faire ainsi à la Renaissance son pas le plus décisif depuis l'invention même de l'imprimerie. Il suffit, pour bien juger d'un tel rôle, de se demander quel retard aurait subi le progrès de la culture intellectuelle, si Alde Manuce n'eût point paru. Ce n'est pas tout: l'imprimeur vénitien ajoute, par la noblesse de son caractère, à l'admiration que lui valent ses grands travaux. Dans une carrière relativement courte, jeté au milieu d'un temps troublé, aux prises avec des difficultés matérielles de tout genre, il a travaillé, sa vie entière, pour l'amour des lettres; il a multiplié les innovations dans son art, mené à bout les entreprises les plus vastes et les plus désintéressées, rendu service à l'esprit humain dans vingt domaines. Il a été, du reste, le représentant d'une époque digne de lui, et les collaborateurs qu'il a groupés autour de son oeuvre, ainsi que le public d'élite qui l'a soutenu, méritent une part de notre reconnaissance.

Ce grand homme n'attend pas seulement une statue, mais encore un biographe. Le travail d'Ambroise Firmin-Didot [1], précieux à beaucoup d'égards, est tout-à-fait insuffisant, et il n'y a

[1] *Alde Manuce et l'Hellénisme à Venise*, Paris, 1875, in-8°.

qu'une critique mal informée qui ait pu attribuer à ce livre le mérite d'être définitif [1]. L'*Alde Manuce* de Didot renferme, en effet, beaucoup d'identifications inexactes et des erreurs de fait considérables [2]; de plus, l'auteur, satisfait des richesses de sa propre bibliothèque, n'a fait aucune recherche de documents nouveaux dans les archives et les bibliothèques d'Italie. A.-A. Renouard et Armand Baschet n'avaient cependant point épuisé ces sources, comme on s'en convaincra en parcourant notre recueil, presque entièrement emprunté à des dépôts italiens. Le livre de Didot est donc à refaire tout entier; on voit toutefois, par les noms cités ici, que la France a bien mérité de Manuce, et les *Annales de l'imprimerie des Alde,* dues à un bibliographe parisien, sont jusqu'à présent le monument le plus solide élevé à sa mémoire [3]. L'Allemagne a apporté, en ces dernières années, d'utiles contributions au sujet [4], et, si nous remontons un peu plus haut, nous voyons que l'Italie et surtout Venise n'ont point été ingrates envers l'un de leurs plus glorieux enfants: les recherches de savants tels qu'Apostolo Zeno, Manni, Jacopo Morelli, Cicogna, sont là pour en témoigner. Ajoutons que l'enthousiasme pour les Manuce semble se réveiller aujourd'hui dans leur pays et qu'il est permis d'espérer que le livre définitif sur le grand Alde sera écrit par un de ses compatriotes.

[1] V., par exemple, *Un mot sur l'Alde Manuce de M. A. F.-Didot* par Ernest Vinet (Extr. du *Moniteur universel* du 21 avril 1875), Paris, 15 pp. in-8°.

[2] Ce n'est pas ici le lieu de dresser les errata du livre de Didot; qu'il suffise de citer comme exemple l'origine qu'il attribue au caractère italique inventé par Alde, célèbre en typographie sous le nom d'*aldino*. « Le modèle lui fut donné par l'écriture même de Pétrarque (p. 158). La charmante écriture de Pétrarque donna l'idée à Alde de la faire reproduire en caractère cursifs (p. 161)... en imitant le contour de chacune [des lettres] trait pour trait (p. 164). » Nous avons rapporté ailleurs le texte italien mal traduit qui a donné à l'auteur cette singulière idée (*Le Canzoniere autographe de Pétrarque*, Paris, 1886, p. 12); mais comment n'a-t-il pas compris qu'il ne pouvait y avoir rien de commun entre le caractère cursif employé par Alde et n'importe quelle écriture du *trecento*?

[3] La troisième et dernière édition du livre consacré par Renouard aux éditions des trois Manuce est en un vol. in-8°, Paris, 1834. M. le comte Giacomo Manzoni en prépare une refonte complète, sur un plan nouveau, qui sera bien accueillie de tous ceux qui s'intéressent à l'histoire de l'imprimerie et de l'érudition.

[4] Travaux de MM. Schück et Geiger. En 1753, C.-T. Unger.

L'examen des ouvrages sortis des presses d'Alde Manuce et le dépouillement des préfaces ont été faits déjà d'une façon suffisante. Les éléments d'un travail nouveau, qui compléterait et rectifierait les précédents, ne peuvent donc être cherchés que dans les documents intimes, les correspondances privées demeurées inédites. Pour la fin du XVe et le commencement du XVIe siècle, les pièces de ce genre, se rapportant à l'histoire littéraire, ne sont pas aussi nombreuses qu'on pourrait le croire. La dernière partie du XVIe siècle, il est vrai, est très riche en correspondances de lettrés, si riche même qu'on est obligé à un choix sévère pour celles qui valent la peine d'être intégralement publiées. Mais il n'en est pas de même pour l'époque qui nous occupe; on verra, au contraire, que les documents sur Alde l'ancien méritent presque toujours, par leur rareté ou par l'intérêt qui s'attache au personnage, les honneurs de l'impression. Nous avons cru devoir les rechercher tous et notre moisson, sans être aussi complète qu'on le souhaiterait, est déjà assez abondante.

Pour ne pas surcharger la publication, nous n'avons admis, sauf un petit nombre d'exceptions, que des lettres inédites. Mais il convient de rappeler ici celles qu'on peut trouver ailleurs. Une bibliographie en a été donnée par Cicogna dans son livre, d'une érudition si sûre, des *Inscrizioni Veneziane* [1]; tous ses documents, au nombre de seize, ont été réunis depuis et réimprimés avec une annotation par M. Julius Schück, dans *Aldus Manutius und seine Zeitgenossen in Italien und Deutschland* [2]. Cette publication, faite avec soin, nous évitera de les mentionner en détail; dressons seulement la liste des correspondances aldines omises dans le travail de M. Schück ou publiées postérieurement:

[1] Vol. III, Venise, 1830, p. 47 (*Chiesa s. Agostino*).

[2] Berlin, 1862, in-8°. Les documents concernent Politien, Catarina Pia, Pic de la Mirandole, Codrus Urceus, Conrad Celtes, V. Longinus, Marcello Longino Adriani, Reuchlin, H. Urbanus, Conrad Muth (*Mutianus Rufus*). Bombasio, G. Barkhard (*Spalatinus*).

F. Colangelo, *Vita di Pontano*, Naples, 1826, p. 218 (lettre de Pietro Summonte à Alde). — A.-A. Renouard, *Lettere inedite di Paolo Manuzio copiate sugli autografi esistenti nella Biblioteca Ambrosiana*, Paris, 1834 (à la fin, quatorze lettres ou billets italiens adressés à Alde par Aless. Bondini, Giov.-Franc. Pic de la Mirandole, Alberto et Leonello Pio de Carpi). — A. Baschet, *Aldo Manuzio, lettres et documents* (1495-1515), Venise, 1867 (douze pièces conservées de la correspondance d'Alde avec le marquis et la marquise de Mantoue). — Didot, *Alde Manuce*, Paris, 1875, p. 531 (un billet grec de Cartéromachos à Alde, au milieu des lettres de savants grecs publiés en appendice [1]). — L. Geiger, *Johann Reuchlins Briefwechsel*, Tübingen, 1875, p. 352 et p. 355 (deux lettres de Reuchlin à Alde). — G. Campori, *Lettere di scrittori italiani del sec. XVI*, dans la *Scelta di curiosità letterarie*, Bologne, 1877, p. 155 et p. 138 (huit lettres de Cartéromachos [2] et une de Mario Equicola à Alde). — E. Abel, *Analecta ad historiam renascentium in Hungaria litterarum spectantia*, Buda-Pesth, 1880, p. 30 (une lettre de Brodarich à Alde [3]). — A. Ceruti, *Lettere inedite dei Manuzi* (dans l'*Archivio Veneto*, t. XXI, Venise, 1881, p. 269, une lettre d'Alde à Collaurius). — G. Antonelli, *Indice dei manoscritti nella civica biblioteca di Ferrara*, I, Ferrare, 1884, p. 211 (description du manuscrit des poésies de Daniel Fini, contenant une pièce de Fini à Alde et un billet d'Alde à Fini). — P. de Nolhac, *Erasme en Italie, étude sur un épisode de la Renaissance*, Paris, 1888, p. 97 (deux lettres et deux billets à Alde, parmi d'autres lettres inédites d'Erasme à des italiens).

[1] La plupart de ces lettres grecques ont été réimprimées, après collation nouvelle des originaux, dans la *Bibliographie hellénique* de M. E. Legrand, Paris, 1885, 2 vol. gr. in-8°; parmi celles que M. Legrand y a ajoutées, nous trouvons des billets de Z. Callergi, J. Lascaris et Aristobule Apostolios faisant mention d'Alde.

[2] Publiées seulement d'après la copie de l'*Ottob. Vatic. 1511*, réimprimées par nous d'après les originaux ou les copies plus anciennes du fond Vatican.

[3] Cette lettre, celles de Reuchlin, d'Equicola et de P. Summonte sont réimprimées notre dans recueil.

Telles sont, à notre connaissance du moins, les lettres écrites ou reçues par Alde Manuce qui ont été jusqu'à présent mises à la disposition des érudits. On voit qu'il n'y en a guère, en tout, qu'une soixantaine. Notre recueil en ajoutera plus du double, ainsi que divers extraits de correspondances contemporaines mentionnant Alde ou se rapportant à ses amis [1]. Ces documents écrits en latin, en grec, en italien, plusieurs même en deux langues mêlées, sont tous tirés des autographes [2]. Ce sont les originaux endossés par Alde, à la réception, et plus d'une fois, quand ils ne portent pas de date, c'est l'annotation du destinataire qui a permis de les classer à leur ordre chronologique [3].

Ces lettres n'offrent pas toutes le même intérêt. Plusieurs sont de simples billets qui n'apprennent qu'un nom ou une date; d'autres, rédigées avec art et parées de latin cicéronien, ne nous apportent guère plus de faits qu'une préface; d'autres enfin, et

[1] On s'étonnera qu'une masse aussi considérable de documents soit restée jusqu'à ce jour inédite. Si deux de nos mss. de l'Ambrosienne sont depuis longtemps connus, ceux de la Vaticane (fonds Vatican et fonds de la Reine), qui nous ont fourni la majeure partie du recueil, n'ont presque pas été utilisés. Nous avons pourtant acquis la certitude qu'ils ont été dépouillés, au siècle dernier, par Francesco Lancellotti, au moment où il songeait à réunir une collection complète de documents inédits sur Alde l'ancien, Paul Manuce et Alde le jeune. On lit en effet, dans une lettre qu'il écrivait en 1777: « La collezione mia conterrà prossochè trecento e più lettere de' primi uomini di quel secolo, tutte inedite e contenenti materie filologiche; e ve ne sono moltissime di Scipione Carteromacho, Marsilio Ficino, Desiderio Erasmo, Pietro Candido, Summonzio, Daniel Fini, Pietro Crinito, Giovanni Cuspiniano, Filippo Beroaldo il giuniore, Giovanni Collaurio, Giovanni Fruticeno, Matteo Acquaviva e di altri, tutte scritte ad Aldo il vecchio. Ve ne saranno alcune di Aldo medesimo inedite, con qualche di lui poesia...., » Ce passage est rapporté par Morelli (*Aldi scripta tria*, Bassano, 1806, pp. XIII-XIX) et par Cicogna (*l. c.*), qui regrettent que Lancellotti soit mort sans avoir publié ou du moins indiqué ses trouvailles. Or, les noms que met en avant Lancellotti sont précisément ceux de nos correspondances du Vatican. Une autre preuve qu'il a vu ces mss. est tirée des emprunts qu'il leur a faits, dans son livre intitulé *Poesie italiane e latine di monsignor Angelo Colocci*, Iesi, 1772, in-4°; nous avons eu entre les mains, à Rome, ce livre devenu extrêmement rare; nous n'avons pu le trouver à Paris, au moment où nous en aurions eu peut-être besoin pour rédiger nos annotations.

[2] Sauf quelques unes des lettres de Cartéromachos, dont il ne semble plus exister que des copies. — Nous avons autant que possible respecté l'orthographe des manuscrits, mais en modifiant la ponctuation et en résolvant les abréviations souvent nombreuses et peu régulières.

[3] Quand il y a plusieurs lettres du même correspondant, c'est la date de la première qui a déterminé le classement.

fort heureusement le plus grand nombre, sont écrites sans apprêt, au courant de la plume, et nous introduisent dans l'intimité des lettrés d'autrefois, nous font connaître leurs préoccupations, nous révèlent souvent leur caractère par leur style. Les publications de ce genre ne violent pas sans profit le secret des correspondances du passé, et l'intérêt devient peut-être d'autant plus grand que l'époque où elles nous introduisent est plus éloignée de nous.

On pourra recueillir ici des renseignements de toute nature, soit pour l'histoire de l'imprimerie aldine, la préparation des éditions, les relations littéraires et commerciales avec l'Italie et l'étranger, soit pour la vie même d'Alde Manuce, encore bien incomplétement connue, ses voyages, ses résidences diverses, ses amitiés. La biographie des humanistes cités s'enrichira d'un ou plusieurs détails inédits, et il en est un surtout, l'un des plus sympathiques du moment, Scipion Cartéromachos, sur qui on trouvera ici beaucoup d'indications nouvelles. Le personnel littéraire du temps de Jules II défilera devant nous, dans les lettres écrites de Rome à Alde et à ses amis; nous saluerons au passage les patriciens de Venise, protecteurs intelligents et zélés du grand imprimeur, et les réfugiés grecs, accueillis par lui et transformés en collaborateurs de son oeuvre; l'université de Padoue nous présentera plus d'un écolier devenu plus tard célèbre; une longue épître d'Aleandro nous racontera, avec une rare précision, les débuts de l'enseignement du grec dans l'université de Paris.

Ce que le recueil mettra surtout en relief, même pour qui se bornera à le parcourir, c'est la place exceptionnelle que tient, dans le monde cultivé du XVIe siècle, l'entreprise aldine. On peut-dire que, « à certains égards, et pendant certaines années, l'imprimerie d'Alde Manuce est vraiment le centre intellectuel de l'Europe [1]. » Ce titre n'est point exagéré, si l'on songe à l'active correspondance qu'il entretient avec tous les points du monde

[1] *Erasme en Italie*, chap. II: Erasme chez Alde.

où s'est répandue la culture littéraire. Sans parler des pièces déjà connues, les épaves ici recueillies de ses archives présentent encore six lettres envoyées à Alde des pays allemands, sept de Pologne et de Hongrie; ses relations avec la France et l'Angleterre sont attestées par d'autres documents [1]. Toutes les provinces de l'Italie ont avec lui des rapports d'affaires ou d'érudition, et non seulement les pays possédés ou avoisinés par la république de Venise, Trieste, Raguse, Udine, Trévise, Padoue, Vicenza, Novi. Ferrare, Mantoue, mais encore Milan, Pavie, Bologne, Florence, Rome, Naples, etc. L'imprimerie vénitienne est déjà une institution internationale, comme vont l'être, un peu plus tard, les deux maisons des véritables héritiers d'Alde l'ancien, les Estienne et les Plantin.

Au milieu des lettres d'érudits de carrière, de professeurs, de libraires, on en lira de prélats et de princes. Les secrétaires de l'empereur, les hauts personnages des pays slaves demandent des livres à Alde Manuce et s'honorent de ses dédicaces. Tout ce que l'Italie compte d'esprits distingués figure dans sa clientèle et suit l'exemple de la gracieuse et savante Isabelle de Mantoue. Toutes les classes de la société ont pour le restaurateur des lettres grecques les mêmes sentiments de reconnaissance et d'admiration, car à tous il a donné cette part de lumières nouvelles que réclamaient les esprits avides de la Renaissance. Ces sentiments sont exprimés dans une belle lettre du duc d'Atri: « Tes grands travaux, écrit il à Manuce, nous ont charmés, nous, latins, et nous ont enrichis dans les deux littératures. Tu as

[1] Nous n'avons ici que deux lettres adressées de France à Alde, les lettres 24 et 57 (de Lascaris, Blois, 24 décembre 1501; d'Aleandro, Paris, 23 juillet 1508). La dernière lettre de notre recueil est certainement d'un français. Quant aux correspondances d'Angleterre, elles paraissent entièrement perdues; elles ont dû pourtant être assez considérables, si on en juge par le nombre des amis qu'Alde avait dans ce pays. La seule lettre d'Angleterre qui lui soit directement adressée n'a pas de caractère intime et figure en tête de la traduction de la *Sphère* de Proclus, due à Thomas Linacre et éditée par notre imprimeur en 1499; elle est de William Grocyn, ami de Linacre et d'Erasme (*vj kal. sept.*, et non, comme le veut Didot, *6 octobre 1499*); on en trouve le texte dans Maittaire, *Annales typographici*, t. IV, p. 90.

rendu à la lumière les bons auteurs qui gisaient couverts de rouille; les auteurs grecs surtout, chassés de chez eux, se trouvaient chez nous comme en pays étranger et n'osaient se produire au milieu de gens qui ne les comprenaient guère; tu as pris la peine de les mettre à notre portée; on peut les connaître à présent et les fréquenter dans l'intimité; beaucoup d'entre nous conversent avec eux et en apprennent, grâce à toi, non seulement le beau langage, mais encore des choses plus hautes qu'on ne savait pas autrefois ou qu'on savait mal [1]. » Ce témoignage et tant d'autres montrent que le rôle d'Alde a été bien compris de son temps et que ses contemporains ont devancé pour lui le jugement de la postérité [2].

[1] Lettre 64.

[2] Nous aurions voulu rendre plus complète l'annotation d'un recueil annoncé par les revues dès 1883; d'autres études nous en ayant empêchés, l'érudition du lecteur y pourvoira. Offrons, en tous cas, nos remerciements à M. Léon-G. Pélissier, notre confrère de l'Ecole française de Rome, qui a transcrit les deux lettres de Cartéromachos à Colocci; à M. Jean Psichari, notre cher collègue à l'Ecole des Hautes-Etudes, qui a pris la peine d'établir le texte de plusieurs difficiles passages; à M. Vincenzo Ioppi, bibliothécaire de la ville d'Udine, qui nous a spontanément offert d'utiles renseignements sur Aleandro; enfin à M. Vittorio Cian, l'un des savants d'Italie les mieux informés sur le XVIe siècle, qui a bien voulu nous aider à revoir les épreuves, au grand avantage de la publication.

Giambattista Scita.

1. *Docto et erudito iuueni D. M.º Alto Catoni amico primario* [1].

Saluus sis, iucundissime Cato. His proximis diebus salutationem tuo nomine factam, etsi tuas litteras desiderabam magis, libenter accepi; hac etiam cognoui te non immemorem nostri. Quare his te plurimum resaluto, sic frequenter salutaturus, si ad me aliquando scripseris. Ad te aliquid darem de gymnasio, si quid hic noui scribendum esset; hoc saltem scito nobis bene esse et principem nostrum disputationibus tanquam palestra exerceri [2]. Tu si quid istic, uel de te, uel de dominis tuis meisque, et presertim an adhuc firmatus sit princeps Albertus, ad me scribas uelim. Sed me interim ut soles amabis. Commendato me plurimum magnificae dominae Katerinae dominae meae [3], itidem principi Alberto Leonelloque. Vale et me ames. Papiae. Die 5 nouem. 1483.

I. Baptista Scita [4].

[1] *Ambros. E. 36 inf.*, f. 13. — Ce document, demeuré inconnu aux biographes d'Alde Manuce, paraît être la plus ancienne pièce qu'il ait conservée dans ses archives. Elle fait mention d'un surnom de *Cato* donné à Alde, que nous ne trouvons pas ailleurs. Elle établit qu'en 1483 Alde était déjà entré dans la maison des jeunes princes de Carpi, dont il dirigea l'éducation. Didot suppose que ce fut seulement en 1485 (*Alde Manuce*, p. 9). A ce propos, nous remarquerons que Morelli était beaucoup mieux informé. Dans les papiers personnels de Morelli que nous avons pu étudier avant leur classement à la Bibliothèque Marcienne, grâce à l'obligeance extrême de M. G. Veludo, il y a de précieux renseignements accumulés sur les Manuce. La fiche relative aux rapports d'Alde avec Alberto de Carpi indique qu'Alde vint à Carpi dès 1479, peut-être avant, en tous cas antérieurement à son séjour à Ferrare.

[2] Il nous semble qu'il s'agit ici du grand humaniste, Jean Pic de la Mirandole.

[3] Catarina Pia, mère d'Alberto et de Leonello Pio de Carpi, femme érudite, à qui Alde a dédié la lettre sur l'éducation des deux jeunes princes (réimprimée par Morelli, *Aldi Pii Manutii scripta tria longe rarissima*, Bassano, 1806, p. 8, et par Schück, *Aldus Manutius*, p. 107).

[4] On retrouve plus tard Scita en rapport avec Alde: celui-ci imprime des vers de lui à Leonardo Crasso, en tête de l'*Hypnerotomachia* de Fra Francesco Colonna, 1499. (V. l'importante traduction de ce livre célèbre par M. Claudius Popelin, *Le Songe de Poliphile*, Paris, 1883, t. I, p. cxc). Cet érudit, qui était de Feltre, est nommé dans les lettres de Pic de la Mirandole et de Politien, plus tard dans celles de Bembo.

Marsile Ficin.

2. *Aldo Romano uiro doctissimo. Venetijs* [1].

Marsilius Ficinus Florentinus Aldo Romano S. P. D. Gratias ago beniuolentiae et diligentiae tuae. Doleo autem me minus posse meam his temporibus diligentiam adhibere. Esse multa ex scribentium uitio in libris istis errata facile credo; nam acceptis litteris tuis statim post initium Iamblichi duo errata deprehendi, neque id quidem mirum, nam codices quos habetis non ego quidem recognoui, tunc in Parmenidis Dionysiique commentariis occupatus: sed mei quidam admodum negligentes, quorum negligentiam, postquam ad uos missi sunt animaduerti. Grecos equidem libros a Medicibus accepi commodo; hi nunc nec haberi facile, nec forte inueniri possunt. Synesium pre caeteris arbitror esse mendosum, non solum ex scribentium uel amicorum uitio, sed quia exemplar habui mendarum plenum. Denique haec omnia, me olim in caeteris occupatissimo, nescio quomodo edita sunt. Ego uero isthaec tempestate hac curare non possum; preterea enim id quod ualitudinarius sum, nec in urbe, nec in suburbijs habitare tuto possum, nec meos qui in ciuitate sparsi sunt libros colligere. Tres enim furiae Florentiam iandiu miseram assidue uexant, morbus pestilens et fames atque seditio, atque id quod acerbius est, una cum caeteris mortalium dissimulationibus dissimulata pestis. Legi quod in Synesio emendas; emendationem tuam probo; quapropter caetera fidei tue credo iudicioque committo. Denique si ad me ut nunc unum ita deinceps plures quinterniones miseris, ego quoque pro uiribus emendabo, et quum totum opus impressum fuerit, mittam emendationum indicem, quem uos post codices imprimetis, antequam libri ipsi uendantur. Vale feliciter, et Hieronymo Blondo nostrae dignitatis studiosissimo meo nomine dicito salutem et gratias agito. Kalendis Iulijs. MCCCCLxxxxvij.

Pietro Ricci (Crinitus).

3. *Doctiss.º uiro Aldo Romano ut fratri carissimo. Venetijs* [2].

Petrus Crinitus Aldo Bassianati S. Diu. Bassianas, cogitaui quibus possem uerbis nostrum erga te animum aperire. Sed tua et laus et industria ea est, ut nihil mihi unquam credam suppetiturum, in quo uel tantis de te meritis, uel meo saltim studio satis possim facere. Utcumque hoc tum haud ab re

[1] *Reg. Vat. 2023*, f. 173. — Cette lettre de l'illustre philosophe florentin manque à son recueil épistolaire, qui est de 1495. Au mois de septembre 1496, Alde donna, réunis en un volume in-folio, Jamblique, Proclus, Porphyre, Synésius, et autres platoniciens. En tête est une préface adressée par Marsile Ficin au Cardinal Jean de Médicis (Renouard, *Annales des Alde*, 3e éd., Paris, 1834, p. 13).

[2] *Reg. Vat. 2023*, f. 117.

futurum sua opinatus, si te primum literis salutarem, dein mihi detur unquam occasio, tuam certis laudibus et industriam et eruditionem approbarem; et hercle tu ipse laboribus tuis non homines tantum' aeui nostri iure quodam aeternitatis deuinxisti tibi, sed extrinxisti et ipsam quoque posteritatem. Porro autem Florentina quidem indoles non dixerim, quam in uno Aldo sibi gratuletur, ac te duce rem non minus graecam quam latinam fore autumet opulentissimam. Verum de hoc alias tecum commodius; ad nostra accedam. Relatum nuper a Io. Francisco principe Mirandulano munus a te susceptum uti Politiani labores, qui a bonis passim expetuntur, te auctore formis excudentur [1]. In qua re quidem, Bassianas, mirifice sum laetatus, quod ad eum haec tantum uirum uideantur appulisse, qui non minus ista expendat quam agnoscat, Quidam haec enim non agnoscunt ut expendant, alij non expendunt ut agnoscant. Reliquum igitur, uti quod princeps monuit Mirandulanus, id quidem operis non tibj aliter conmendatum quam ea quae de manu traduntur in manum. Illud adhuc non pretereo futuri forte mox ut isthuc accedam. Id hactenus tum non constitutum, ac ea quidem uel aduheam uel mittam quae integrum Politianj uolumen absoluant; sed interim tuum in hoc consilium appetamus.

De me autem ea tibi uelim pollicearis, quae et posse me credas, et mihi ipsi prestare. Nolim enim putes in tuis me uelle minus quae possim, quam posse in meis quae uelim. Qua in re Saretium Alexandrum tam testem habemus quam auctorem uolumus [2]. Vale et me ames. Florentiae. Non. nouembr. MCCCCLxxxxvij.

4. *Literatissimo uiro D. Aldo Romano ut fratri carissimo. Venetijs* [3].

Pet. Crinitus S. Aldo Ro. suo.

Factum sit a me inhumaniter nisi tuam, Alde, diligentiam ac studium efferrem, cum nihil prope aliud cogites quam ut bonas literas omnemque prorsus antiquitatem integram nostris et incorruptam restituas, formis expressam perquam luculentis. Ego uero cum Virgilianas nuper pagellas legerem quas ad amicos Florentiam misisti, mirifice sum laetatus [4]. Spero enim adeo te diligenter et docte hanc prouinciam absoluturum, ut nihil desiderari praeterea possit a uiris humanioribus quod ad rem tum graecam tum latinam pertineat. Mihi per haec tam uaria aetatis nostrae incommoda quibus premimur liceat. Tu interim noli deesse tibi aut amicis aut antiquitati ne non te unum esse affirmes, cuius ingenio et industriae non temere uideatur credita utriusque linguae reparatio. Et nos igitur locos aliquot Virgiliani operis subiciemus, qui

[1] L'édition aldine des oeuvres complètes de Politien est du mois de juillet 1498.

[2] On trouve le nom de cet humaniste bolonais sous la forme *Alexander Sarcius*. Il collabora avec Crinitus à l'édition aldine des oeuvres de Politien, dont il avait été l'ami.

[3] *Reg. Vat. 2023*, f. 114.

[4] Le Virgile d'Alde, in-8, parut en avril 1501. C'est dans ce volume que l'imprimeur se servit pour la première fois de son caractère italique. On apprend ici qu'il en avait envoyé un spécimen en épreuves à ses amis de Florence.

uulgo tam aliter fere legantur, nam antiquitas his et meliorum auctoritas astipulatur. Tu Criniti studium, quod soles, excipe neque tam ingenuum animi candorem contempnas, aut despicias, et olim puto facultas accesserit uti nostras ad te lucubrationes mittamus, quo diligentius et accuratius te auctore in usum communem proferantur. Sed alias de his, nam et Scipionem habebis mei erga te animi ac studij testem locupletissimum [1]. Vale. XII Kalendas aprilis M . D . Florentiae.

Idem Crinitus.

Loci in P. Virgilio:

In p° Virgilianae Aeneidos. *Lauinia uenit littora.* Ad hunc modum legendum, non *Lauinaque uenit,* quod Hermolaus quoque asseruit [2].

In 1° VI. *Quin protinus omne perlegerent oculi.* In uetustioribus codicibus inuenio *Quin protinus omnia,* ut in ultima ea sede dactylus sit, quod ego hoc in loco non improbo, ne quid antiquitati derogemus [3].

In 1° VII. *Furit intus aquae uis*, Legendum *fierit intus aquai;* ita enim Fabius legit et Cornutus Persii poetae in epistolis, quod ego in collectaneis nostris probaui copiosius [4].

In 1° VIII. *Quod fieri ferro liquidoue potestur electro. Potest electro* legendum; sic enim antiquitas et ratio exigit, ut Politianus etiam probauit [5].

In 1° 9. *Sceptra Palatini sedemque petiuit Euandri. Petit Euandri* legendum; sic inter ueteres codices, quod hoc idem Politianus asseruit [6].

Item. *Inter se cohisse uiros et decernere ferro.* Tertio probior *Inter se cohiisse uiros et cernere ferro;* id exemplis permultis probatur, sed antiquitas praeterea codicum et ipse Annaeus Seneca in epistola ad Lucillum affirmat ubi Virgilianum id explicat [7].

Hieronymus περὶ Αἰγκώμης.

5. Ἱερώνυμος περὶ Αἰγκώμης Aldo Manutio Romano S. P. D. [8].

Ut Artaxersis Persarum rex, cui obequitanti aliquando obuiam factus agricola quidam ac rudis homo, cui nihil aliud esset, aquam utraque manu e proximo haustum flumine obtulisset, hilari ille miraque benignitate fronte

[1] Scipion Cartéromachos était depuis longtemps en relation avec Alde; il est vraisemblablement question de lui dans ce passage.

[2] Cf. *Aen.* I, 2, éd. Ribbeck.

[3] Cf. *Aen.* VI, 33-34.

[4] Cf. *Aen.* VII, 35.

[5] Cf. *Aen.* VIII, 402.

[6] Cf. *Aen.* IX, 9.

[7] Cf. *Aen.* XI, 709 et Sénèque, *Epist. L VIII,* 3.

[8] *Ambros. E. 36,* f. 22. Nous avons vainement cherché, parmi les noms d'humanistes allemands, un nom qui pourrait donner l'équivalent de cette singulière forme grecque. La lettre constate du moins la situation littéraire qu'occupait Alde à l'étranger, dès 1498.

suscoepit, quippe qui non rei quae dabatur uel inopia, uel usu, sed alacri dantis voluntate gratiam metiretur; ita hunc unicum ducatum accipias quaeso. Coeterum cum ex litteris amicissimis tuis intellexerim te hebraea non minus amare quam graeca, et nemo ex philosophis extiterit qui (quantum humana fragilitas admittit) in re aliqua uirtutis uiam praeparante penitus deficere uoluerit, adeoque nonnulli reperiuntur qui non solum utraque lingua contenti, sed et hebraica perdocti sunt, obsecror ut huiusmodi aliquem et quoad eius fieri possit doctum, mihi paterne conducere et quamprimum mittere uelis. Si uero talis inueniri nequeat uel adeo statim, mittas tamen in graecis peritum uti prioribus ex litteris meis percepisti. Quem si tecum Venetiis non haberes, uelis Ferrariae uel quouis alio transmittere tabellarium meum, donec ille inueniatur, uel saltem mihi non inutilis, et pro eo stipendiolo iunctis aliis, non magis iuxta conducendi scientiam quam quod ego ferre possim; qua tamen in re quicquid arbitratus eris iusserisue in omnibus, mox uel post tempusculum aliquod polliceor fideliter me soluturum ac exhibiturum semper. Et si nihil arbitrareris, aduc haudquaquam uellem ingrati nomen incurrere, neque tris gratiarum deas me penes consenescere. Sed oro immo singulariter ut tuum interponas arbitramentum atque istic diligentiam praestes promissam, ne tabellarius solus uacuusque redeat.

Exercendi tenuitatem meam in graecis littérulis gratia, conatus sum imposita fineque nondum completa e latino in graecum uertere et, ut designatam metam desyderium meum aliquotiens attingat, ista corrigere ad unguemque uelis. Annotaui praeterea libros meos omnis graecae linguae, nam hebraeae nihil habeo, quod hiisce perspectis scias quibus caream, te iterum obtestando ut ea quae ad rudimenta grammatices hebraicae dictionumque et interpraetationem et copiam faciunt, ut uocabularios, si qui haberentur, coeteraque in hebraeo et graeco necessaria et proficua mihi omnia, una cum interpraetatione (si qua habeatur) adiuncta uel aliunde, modo quantum tabellarius reportare possit ac expo... cum mercatoribus nostris (qui ad te litteris meis uenibunt) uel quomodo citius poteris, mittas pro condigna et sine dilatione, uti scripseris, solutione. Iccircoque schedam seruare uelis et ea quae mihi dederis asscribere, ut non ignores semper quae habeam quibusque caream.

Prouideas igitur me (ut ita dixerim) in omnibus, mi parens, non quidem corpusculi mei, sed mentis, haud secus quam Bias ille filium ad Egyptios proficiscentem prouidebat. Nam quia tuis temporibus sum, eas equidem diis gratias ago, quas Philippum Macedonum regem de filio Alexandro, qui Aristotelis vita nasci cum contigisset, habuisse eius epistola ad eundem Aristotelem declarat. Et non minus te quam studia ipsa amo, doctissime mi Alde, cuius et ingenium et ualetudinem in optimis regulatisque linguis ac in omni doctrinarum genere non satis satisque mirari possum. Datum Monachio, tertio idus maijas, anno Christianae salutis M.CCCC.Lxxxxviij.

Idem filius tuus.

Girolamo Gradeo (Varadeus).

6. *Doctissimo uiro Dno Aldo Romano tanquam fratri honorando etc. /per A/ngelum Rolandum cito reddantur* [1].

Hieronymus Varadeus Aldo suo sal.

Expectaui iamdiu ut aliquid ad me litterarum dares, qui magno desiderio tenebar quid per te post discessum meum actum esse intelligendi; sed nuper non parum quoque me expectatum a litteris tuis fuisse perspexi; offendi enim domi litteras tuas ad 4 Cal. Iulias scriptas quibus quantum operis confeceris amice ac diligenter perscribis. Ego uero qui hoc officium tuum saepissime desideraui et qui una cum Laurentio non minus meo quam tuo, sed ne inuidiose loquar nostro, te accusaui quod ne litteris quidem inuitatus aliquid nobis de te nunciares, permolestum habui circiter mensem has tam optatas litteras in scriniis propriis latuisse, quod ea negligentia factum est qua familiares ignari rerum saepe utuntur, dum quae qualia sint non agnoscunt, ea inania aestimant ac nihili pendunt. Lustrauimus dominij huius urbes omnes salutauimusque cum Principe [2], in qua re mensem fere consumpsimus; eo tempore tuae huc litterae perlatae fuerunt et sub spe reditus mei qui proximus uidebatur, ita repositae fuerant, ut eas inuenisse fortunae rationis potius fuerit. Haec igitur causa fuit qua tibi tam diligenter quam optabas de Oeconomicis satisfactum non fuit. Illa nunc transcribi mandaui et, nisi me greca scriptoris fides fefellisset, ea iam accepisses. Spero tamen omnino in proximam ebdomadam ad te per bibliopolam Asulani examinatura transmissurum. Tu quod ad reliqua spectat absolue occepta et quae disposuisti perfice. Ego quecumque opera absolueris ut ad me singula mittas expecto; idque non tam de grecis quam latinis omnibus dictum uolo. Opto quoque ut ea paucula Ausonij opuscula, quae apud te reliqui, uel reddas uel commodes tantisper dum studiosis quibusdam ostendemus, et nisi imprimere uelis Lippi opus ac Festi Pompeij reliquias, ut ea quoque ad me mittas rogo. Vale et me tanquam te ipso utere; amo enim te iuxta te ipsum si credi dicique fas est. Mediolani. Pridie Cal. Aug. 1498.

Alberto Pio, prince de Carpi.

7.

Messer Aldo [3], Venendo in la il presente latore non ho uoluto uengha senza mie lettere, le qualle ui significarano come sono sano, Dio gratia, desiderando

[1] *Ambros. E. 36 inf.*, f. 7.

[2] Lodovico Sforza, *il Moro*.

[3] *Ambros. E. 30 inf.*, f. 8. — Les lettres du prince Alberto de Carpi que nous publions ici complètent celles que Renouard a imprimées à la suite de ses *Lettere di Paolo Manuzio*, Paris, 1834, pp. 341 seqq. et qui sont aussi à l'Ambrosienne. (En voici la date: Roveredo, 8 oct. 1505, Carpi, 18 fév. 1505, Poschiera, 1er juin 1509. On ne s'explique pas

il simile de uuj. Alli di passati hebbi da messer Alexandro [1] li libri me mandasti de li qualli ge manchauano quelle operette di M.[ro] Laurentio, che sono certo ui scordasti a mandarmele, ui prego a uolerle dare al presente che me le porta. Appresso haueria caro de intendere como habiati facto de la lite che haueuati cum li Carpesani, et se hauesti bisogno de uno oreuoce in casa, io n'ho uno de summa bonta chi e uno figliolo de uno M.[ro] Antonio Zucharino che e tuto mio giouene et de grande inzegno, del quale io ue ne faria mille securtate, che non ui faria uno manchamento. De le cose mie, io ne spero uno presto et bono fine. Mi racomando a uuj. Noui. xxiiij sept. 1498.

Albertus Pius de Sabaudia Carpi.

8. *Sp.[li] preceptori meo dig.[mo] Dno Aldo Manutio de Pijs. Venetijs* [2].

M. Aldo mio, ho hauto gran[mo] adispiacere non mi potere ritrouare questo carneuale ale noze uostre [3], si per uisitarue insieme cum la sposa, cummo anche per honorarui e far apiacere; poi piu m'e cresciuto el fastidio, intendendo uoy essere amalato, el qual male, benche io ue conosco mediocre e temperato ne le cose uostre, dubito non sia proceduto da qualche desordine, perche, essendo stato tanto tempo sobrio di tal pasto, ue ne hauerete uoluto cauare la uoglia per una uolta, et benche io sapia che sete prudente e modesto, niente di mancho m'e parso aduerteruene ad cio andiate cum la briglia in mano. Ho pensato assai di mandare a donare ala donna uostra qualche gentileza, como seria mio debito, ma chognoscendo quelle foze tante diuerse a queste nostre di qua, non me ho sapiuto risoluere; pur pensaro qualche cosa, e se la non sera ala Venetiana, la portara ala forestiera; uoy la confortarete pur assai de mia parte, pregandoui tutti duy insieme a volere uenire fin qui, facto queste feste de Pascha, a cio ui possa uedere e godere insieme cum li altri uostri amici di qua, et di questo non me ne potreste fare magiore apiacere in questo mondo.

Essendo ritornata qui donna Malgarita ho mandato per ley per intendere la causa perche le partita, et benche la dica essere se partita per non potere comportare l'aiere, dubito non ue habbia facto qualche manchamento; uogliate me aduisar che essendo cossi li faro portare la pena che la meritara [4].

le choix arbitraire fait par le transcripteur qui travaillait pour Renouard; il a laissé dans les manuscrits de Milan une foule de pièces au moins aussi curieuses que celles qu'il a prises. Peut-être les billets que nous donnons aujourd'hui étaient-ils d'un déchiffrement plus difficile et ont-ils effrayé sa patience; mais, du moins, il aurait dû les indiquer.

[1] C'est sans doute le médecin Alessandro Bondini (Agathéméros), qui précisément en 1498 se trouvait en voyage à Ferrare. V. la lettre publiée par Renouard, *l. c.*, p. 333.

[2] *Vat. 4105*, f. 107.

[3] Aldo a épousé, comme on le sait, Maria Torresano, fille d'Andrea Torresano, d'Asola. Mais la date de cette union restait incertaine; Didot la fixait à l'année 1499. L'aimable lettre du prince de Carpi à son ancien maître permet de la reporter au carnaval de 1505 (n. st.)

[4] Il s'agit d'une femme de Carpi que le prince avait placée chez Alde comme domestique.

A di passati uo scripse la resolutione facta di Triphone [1] di darli tre ducati al mesi, et; quando anche el non se contentasse, gli adiungeua qualche cosa pur chel fusse, fina li cinque duc., et perche al presento ho dato principio a questo studio de humanita e intendo seguitarlo intensamente, uogliate risoluerla, ho de luy, ho de altre che se ritrouasse docto e sufficiente, benche piu mi contentaria di luy che dabero cognoscendolo. Et per el primo che uiene in qua mandatime uno Luchano cum il commento [2]. A Demetrio e parso uenirsene uno pocho a solazo [3]. Et a uoy e la consorte sempre mi offero e ric.°, insieme cum suo m. e sua m.ª Carpi. XI martij 1505.

Albertus Pius di Sab.ª Carpi.

9. *Excellenti preceptori meo amantissimo et honorato Dno Aldo Manutio de Pijs* [4].

Messer Aldo mio amantissimo, Hauendo la oportunita del presente messo, non pretermetero questo offitio di aduisarui como al presente sono sano Dei gratia, cum desiderio de intendere cossa sia de uoy e dona uostra, ricordandoui ad atendermi la promessa di uenire insieme cum ley a stare qualche giorni qua in consolatione cum nuy. ad cio dimonstrati che habiate e deli amici e parenti anchora qua. Al presento hauemo una influentia qua assai trista de infirmita de febre pestilentiale, dela quale grande quantita ne more, et molto ce smarisce. El m.co mio fratello [5] anchora luy e infermo, ma non di tale ciã male, tiã cum continua febre, facendomi ale uolte male contento; pur spero in Dio tandem se ne habia a reualere. Ricordoui de sforzarui di hauere Alexandro sopra la Topica [6] e farlo trascriuere, come piu uolte ue ho facto intendere, et cossi de hauere quel libro grecho chio ui ordinai essendo la. Altro non me occorre se non ricomandarmi a uoy, a uostro m. e a la dona uostra. Carpi. 29 iulij 1505.

Albertus Pius de Sab.ª Carpi.

Billets écrits de Carpi et de Novi.

10. Missere Aldo [7], Ve aviso como stemo bene Dei gratia; similiter il simile di uui continuamente desidero di intendere. Venendo Alberto in la me parse di scriuerue, pregandoue che me uolgiate mandare il 2.° quinterno cioe *b* che

[1] Peut-être Trifone Gabrielli.

[2] Evidemment le Lucain de 1502.

[3] Est-ce Démétrius Moschus, Démétrius Doucas ou le vieux Démétrius Chalcondyle, qui résidait alors à Milan? L'histoire des Grecs du temps, malgré les récentes recherches de M. Emile Legrand, est encore si peu connue, que l'identification reste douteuse.

[4] *Ambros. E. 30 inf.*, f. 6.

[5] Leonello Pio.

[6] Alexandre d'Aphrodisias.

[7] *Ambros. E. 30 inf.*, f. 31.

mancha in Valerio Maximo, e uno che mancha in Prudentio, cioe doi ff. che comenza *senex fidelis qui est primus*. Ve ne mando uno che io ho da avanzo, cioe il primo della centoria. Quando uene Batista fatore del s. Alberto a Venetia, me feze portare certi libri, tra li quali li era uno che ge manchaua uno quinterno, cioe il quadragesimale di Roberto et il quinterno sie *f* che e *b* in ordinem, e dice che uno garzone de missere Andrea da Asola li tolsi. Ve prego parlate con colui e che il se faza dare a colui che li dede il libro e mandatemelo. E perche il padre nostro Vicario generale e stato qui a questi di passati, li mostrai li libri che me hauete mandati, li piacquero molto et io li feze proferte che pilgia se quelli li piazeuano. Tolse Sedulio, si che ue prego se ne hauite che fate che non rimanga senza. Et ue prego quando io posso che ne uolgiate mandare uno libretto in forma picola, che se domanda li Sermoni del b. Cherubino da Spoleto, e che a facto stampare li frati di santo Iob., e li a stampato quello Mantuano di Arivabene; credo che costara 2 o 3 soldi, omnino mandatemelo piu presto che posite, per che ne ho di bisogno. Spero facte le feste di Natale di uenire a uedere e stare cum uui alquanto. Non altro; a uui me aricomando per infinite uolte. 1502 [1], translatione sancte Clare. Carpi.

Filius uester, frater Theodorus Pius.

11. *Ex^{ti} maiori honoratissimo Dno*
Aldo Manutio de Pijs Romano. Venetijs [2].

Excellens maior honoratissime, Ho facto ogni opra ad effecto restiati seruito di quella donna mi dicesti ch'io ui trouasse, laquale demum ho trouato e tanto al proposito quanto si potesse dire, como potreti intendere da magistro Zan Cristophoro presente exhibitore; se altro posso, haueti a comandarmi. Preterea, benche siati gran messo, non di meno la obseruantia ch'io ui porto mi da ardire ricercharui a sicurta: pero ui prego non essendoui graue quando ueniretí in qua, mi uogliate portare octo uolpe belle, che subito giunto qua ui rimettero li denari. E a uui sempre mi ricommando. Carpi. 14 ian. 1506.

Vester totus Io. Marcus Grilinzonus.

12.

Messer Aldo padre honorando [3], Intendreti dal presente messo como io il mandoli per scusarmi cum la Illma S.^{ria} [4] che io non uoglio stare cum messer Lutio per mancharmi in tutti li capitoli o cum lui; bienche non fusse necessario per esser io cum messer Lutio inmediate, tamen per la reverentia

[1] L'original porte *152*.

[2] *Ambros. E. 30 inf.*, f. 22. Ce Grilinzone est nommé dans une lettre d'Alberto Pio, (Renouard, *Lettere*, p. 341).

[3] *Ambros. E. 30 inf.*, f. 5. Les lettres ou billets de Leonello à Alde, publiés par Renouard, *Lettere*, pp. 335 seqq., sont ainsi datés: 23 sept. 1498, déc. 1506, 27 juillet 1508, 12 mars 1510, tous écrits de Novi.

[4] La république de Venise.

e seruitu o a quel excellentissimo stato mi e parso faro cusi. Vi prego se sera bisogno li uogliate prestar fauore e anche consiarlo come si habia a gubernare in parlare a la S.ria; e a uui mi racomando. Noui. xxvij X^{bris} 1507.

Vostro figliolo Leonello Pio, manu propria.

13.

M. Aldo honorando [1], Il s.r Lionello e per fare quanto li haueti preposto circa lo imperare di Rodolpho, ma perche don Iacomo non sta fermo a Noui, per questo lui non poteria supplire adesso. S. S. desideraria de trouare uno giouene tanto litterato che fusse sufficiente a questo officio, et che auesse totale cura del puto, et de uestirlo et de tenerlo compagnia. Cusi S. S. mi a commesso a scriuerui et pregarui siati contento di procurare se li ne poteste trouare uno idoneo et drizarlo in qua. Ne altro si fara prima l'auiso uostro. Il s.r Alberto dominica passata passo da Modena per stafetta e ua a Roma, ambasciatore del Re Christianissimo, doue credo che stara qualchi mesi [2]; ue n'ho uoluto dare auiso, pensando che 'l suo stare la ui deba essere in proposito. Et a uui mi rac.° Carpi. xiij febr. 1510.

Seruitor Ber$^{s.}$ Coruus.

Jean Reuchlin.

14. *Aldo Minutio Romano utriusque linguae politissimarum literarum atque librorum par[enti]. Venetijs* [3].

S. D. P. Plane sim impudens, mi Alde, si tui rerumque tuarum, ubi loci me iussisti, non meminerim. Nam me simul atque domum de te redij confestim ad Max. Aemylianum Imperatorem contra Gallias tendentem proficisci oportuit in Mediomatricos, quando maxime Gallici belli uersabatur metus. Quo scio miraberis sortem meam, qui una profectione Italiam, Galliam, Germaniamque peragraui a Summo animarum Pontifice ad Summum mundi Dominum, Roma in Sequanos. Sed tum quid de literis in medio armorum? de Phoebo in uentre Martis? de Helicone in castris? Dixi quidem causam tuam uti Venetiis coram egimus, ἀλλὰ τί ὄνος πρὸς λύραν. Non defui quin rem omnem ad quosdam etiam doctos deferrem qui sibi tum uidebantur columnae esse. Sed nosti Germaniam; nunquam desiit esse rudis. Mi Alde, paucis habe: non sumus te digni. Neque tamen est animus deinceps a negocio cessare cum uidero temporis opportunitatem. Iam enim Rex maius opus mouet. Ignobilis

[1] *Ambros. E. 30 inf.*, f. 30.

[2] C'est peut-être ici une occasion d'indiquer des lettres diplomatiques, en français, du prince de Carpi qui se trouvent à la Bibliothèque Nationale de Paris (fonds Dupuy, 291; fonds français, 6639); elles offrent un véritable intérêt historique pour le règne de Louis XII.

[3] *Ambros. E. 36 inf.*, f. 18. Sur cette lettre et la suivante, v. L. Geiger, *J. Reuchlins Briefwechsel*, Tübingen, 1875, pp. 352 et 355 (lettres LXVIb et LXXXIVa), et un article intéressant, intitulé *Beziehungen zwischen Deutschland und Italien, A. Manutius und die deustchen Humanisten*, dans la *Zeitschrift für deustche Kulturgeschichte*, 1875, pp. 112 seqq.

cuiusdam uulgi fluctu quasi decumano obruimur. De libellis ad me missis habeo tibi relaturus etiam gratas gratias. Sed qui quotidie pro incumbentibus tuis curis multa uersas animo certe oblitus es defectuum Aristotelis in ultimo uolumine, quos tu mihi supplere promiseras. Eos oro te uehementer bibliopolae huic cognomento Remo tradas: equidem mancum et egenum impendio meo cum integro suo commutaui; utque reminiscaris qui sint defectus, chirographum tuum huic epistolae adiunxi. Tu me quam commendatissimum habeas et valeas feliciter opto. Ex Heidelberga Palatini Reni, ix Kal. Maias, nam tuae ad me uenerunt vij Kal. Apriles. Anno MCCCCLXXXXIX.

Ioannes Reuchlin Phorcensis. LL. Doctor.

15. *Aldo Manutio Romano, in ipsis tribus linguis peritissimo suo ac praeceptori semper obseruando* [1].

Ioannes Reuchlin [2] Phorcensis Aldo Manucio Romano S. D.

Oblecto me plurimum familiari conuersatione tua, nec est, crede mihi, a ueritate alienum quod tuas ipse litteras in iocalium meorum delitijs habeo. Sane omnia bene olent quae abs te proficiscuntur, ita ut, relictis nostris bibliopolis, beatum me fore putem si tua ex ipso te accipiam. Quare huic familiari meo redeunti ad te istuc in mandatis dedi, ut libros aliquot quibus careo ad me perferendos de te sumat, quanto queat minmis, praesertim graecos, nam latinos facile a nostris emam plane paucioribus nummis. Reliqua uero sunt quae mittas uolumina oro; Suidam ut polliceris, item Epistolas graecas, item Dioscoridem, item Simplicium in praedicamenta, item Gregorium Nazianzenum, item Nonnum, item Sophoclen, item ante omnia Herodotum, item unum e latinis Valerium Maximum litteris paruis. Cetera enim habeo ipse ego. At uero erga me utaris uelim non auctionatoris sed amici officio, ne mihi pudendum sit a tenuis mercaturae hominibus uiliori posse adipisci quam abs te tam illustri mercatore. Id autem si nescias aemuli plures mihi impingunt. Cura ut bene ualeas, o reipublicae litterariae paterpatratus. Iterum quam optimes ualeas D. O. M. oro. Ex Heremo Sancti Dominici Sepulchri, ubi lateo nunc fugitans pestilitatis, solus anachoreta et simul absente bibliotheca mea. iiij Id. Nouembreis. Anno M.D.ij.

Ioannes R. LL. Doct. [3].

[1] *Ambros. E. 36 inf.*, f. 27. Cette lettre répond à la lettre d'Alde, écrite le 28 août, et Alde y répond lui-même le 24 décembre 1502. Les deux lettres d'Alde, connues depuis longtemps, sont réimprimées et annotées par Schück, *Aldus Manutius*, pp. 128 seqq., et par Geiger, *J. R. Briefwechsel*, pp. 77 et 79 (lettres LXXXIII et LXXXV).

[2] Au-dessus de *Reuchlin* est écrit Καπνίων.

[3] A côté, en abrégé, le nom Ἰωάννης Ρευχλήν.

Daniel Clary.

16. *Aldo Romano utriusque linguae doctissimo amico charissimo, etc.* [1]

Clarius Aldo S.

Hieronymus Gradaeus nobilis Rhagusinus [2], qui apud me diu adoleuit, qum istinc Venetijs Mantuam iter haberet, me litteras ad te petiit (nam et ipse nouit me abs te amari plurimum), quibus sibi te adeundi daretur occasio. Feci nec inuitus, quod cupiebam instar mei (nam is alter est ego) te adire, salutare et amplecti. Sic est mei studiosus, ut uirtutis amantissimus qualem in te corruscare non ignorat. Igitur uenit admodum cupidus multa ut ista in excellenti ciuitate mira et te simul cognosceret. Sperabam te aureos septem recepisse cum litteris meis, quibus me ut redderes certiorem expectabam de tuis rebus, an istinc ut audiebam fores migraturus, simulque quid graeci quid latini operis impressisses. Lucretium tibi excusum formis intelligo in lucem prodisse recenti appendice Auantia renouatum [3]. Hunc ad me Hieronymeo des desidero. Vale, foelix amicorum dulcissime. Hieronymum Auantium uerbis meis saluto; uirum enim talem ex uirtute sua amo plurimum cupioque aliquo obsequio promereri. Rhagusij. M.D. pridie cal. Martias.

17. *Doctissimo uiro domino Aldo Romano fratri charissimo* [4].

Clarius Parmensis Aldo suo S.

Sperabam literas meas et aureos quatuor iam te accepisse, quos Andronico Spandolino, prestantissimo iuueni Bizantino, ad te iampridem dederam; literas tuas igitur expecto et uolumina Theodori et Constanti quae petieram. Fac me consortem precor eius operis, quodcunque uel graecum uel latinum cura tua imprimetur; cupio plurimum crebris literis tuis me fieri certiorem, quid agas, quidque acturum te putes. Non audeo te nec obliuionis neque negligentiae accusare, quem amicissimum ac diligentissimum non ignoro, non solum ad amorem conseruandum amicorum, sed ad augendum quoque; tamen literae tuae ad me breues et raro perferuntur, quod non mihi molestum sit nulla ratione prestare possum. Fac me igitur ut sciam de tuis rebus, quas amicum scire oportere censes. Vale foelix. Rhacussae. Idibus Nouembris M.D.

[1] *Ambros. E. 36 inf.*, f. 31.

[2] Il faut, croyons-nous, le rapprocher du Varadeus de la lettre 6.

[3] L'édition de Lucrèce, donnée par Alde en 1500, avait été revue par Girolamo Avanzio, de Vérone. Cf. Giuliari, *Della letteratura Veronese*, Vérone, 1876, p. 198.

[4] *Ambros. E. 36 inf.*, f. 12.

18.

Helius poeta hinc nobilis [1] pluribus me rogauit ut sibi Venecijs deferri procurarem opera Policiani, opera Pici et Lexicon unum (nam et his mihi graece coepit erudiri). Eos, si apud te sunt libri, ad me Georgio des desidero, pro quibus iterum ad te redeunti Georgio numerabo pecuniam tibi quoque numerandam. Vale.

Clarius.

19. *Dno Aldo Romano uiro utriusque lingue doctissimo* [2].

Clarius Aldo suo S.

Accepi nuper litteras tuas Ferarie datas octauo calendas aprilis, quibus mihi uideris subuereri de nostro amore ueteri, ne illum ego uiolauerim aut dolo malo aut superbia aut utroque, qui non libros mittam quos ad me alias uendendos misisti, aut de illis si uenditi sint pecuniam [3]. Quod sentio fatebor ingenue. Speraram te aliam de me habere fidem quam literis expresisti. Nec tibi nec socero tuo irascor, quoniam nullam habeo in uos irascendi causam, nec uos ullam in me identidem. Nunquam mihi in mentem ulla de tua integritate uenire posset malla suspitio; quod in me non est nec in amicum alterum me esse puto. Si his ante actis temporibus rarius quam tu et ego uolebam ad te scripsi, egre fers et ego. Nonne uidisti et omnem miseram Italiam et Adriaticum mare continuis exarsisse bellis et prelijs et piratarum more incursionibus, ut nuper triremes Venetae cepere et depraedatae [4] sunt duas naues nostras 60 mil. aureorum ualore oneratas. Libros soceri tui et tuos habeo paratos, quorum onere et molestia cupio liberari; si quis uenerit cui nomine uestro possint secure committi, eos consignabo Venecias perferendos. Non is sum quod forte reris ut alieno ditari uelim, quod enim boni fortunae est mihi orbo superest et abunde dandi quam rapiendi magis studioso. Malam de me mentem si quam induisti exuue, rogo, et me mutuo ut solebas ama [5]. Ragusij. Die octauo Iunij 1510.

[1] *Ambros. E. 36 inf.*, f. 14. Ce billet, sans date et sans suscription, est encore écrit de Raguse, où Clary a longtemps professé.

[2] *Ambros. E. 36 inf.*, f. 17.

[3] Cet usage des professeurs de prendre en dépôt des livres qu'il se chargeaient d'écouler sera confirmé plus loin par une lettre d'Aleandro.

[4] Nous substituons ce mot à un mot que nous ne lisons pas bien.

[5] Nous ignorons les suites du différent que cette lettre nous fait connaître entre Alde et Clary. Il est probable qu'Alde ne tint pas rigueur à l'homme à qu'il avait adressé tant de fois la dédicace de ses publications et qui était pour lui un vieil ami. Cf. Baschet, *Aldo Manuzio*, p. 80.

Filippo Beroaldo iunior.

20. *Aldo Manutio Romano uiro litteratissimo atque humanissimo. Venetijs* [1].

Salue Alde humanissime. Reuertitur Venetias Georgius grecus [2], homo probus a dissimillimo isthinc huc lautis pollicitationibus perductus; uolui ego illum penes me continere per duos proximos menses, cum salario sesquiaurei in singulos menses et propriis meis expensis, sed homo conditionem respuit ita, ut dicebat, rationibus uitae suae deposcentibus. Poterat sane apud me latinam linguam perdiscere, etiam ingratis, nam cum quo conterraneo suo loqueretur? Maluit tum Venetias repedare, ut isthic latinam linguam sub te magistro ediscat, ut mox latinitate donatus ad nos remigaret. Sed de greco satis, in quem impie municeps noster se gessit. Nunc de me pauca. Scito me esse nepotem Philippi Beroaldi, eiusque cognominem atque gentilem. Duo enim Philippi sumus in eadem familia et professione. Amo tum litteratos omnes, tum te maxime, qui litteratissimus litteratos omnes industria tua adiuuas, illis libros in utraque lingua antiqua pene inuisos exhibendo, pro qua quidem re omnes bonos tibi debere necesse est.

Codrus tibi amicissimus nobisque etiam praeceptor, ut scis, superioribus mensibus vita functus est [3]. Eius multos libros dono habui a sapientissimo Bentiuolo protonotario, inter quos epistolae sunt illae graecae a te impressae Codroque dedicatae [4]. In hoc uolumine, ut unus quinternio deest, ita alius superfluit. Dedi Georgio qui superhabundabat: tu si libet illum mihi mitte qui deest, cuius notam et signum Georgius habet. Si mihi aut rescribes aut quinternionem mittes, mittito Alexandro Sartio utriusque nostrum amatissimo [5], qui illum mihi fideliter reddet. Non plura in praesentia scribam, grecus enim instat ut oram soluat. Tantum habeas me Beroaldumque maiorem tibi esse deditissimos. Vale. 18 Iul. M.D.

Tuus totus Philippus Beroaldus iunior.

[1] *Vat. Reg. 2023*, f. 38. — Bien que la lettre ne porte pas de lieu d'origine, elle est écrite de Bologne: la mention de Beroaldo senior, bien connu alors en Italie comme bolonais, et celle de la mort de Codrus Urceus ne laissent aucun doute sur ce point.

[2] Il s'agit de Georges Moschus, dont le départ de Venise est mentionné par Marc Musurus, dans une lettre écrite de Ferrare, le 7 septembre 1499, et publiée par Didot, p. 518, et par Legrand, *Bibliogr. hellén.*, t. II, p. 313.

[3] Il était mort le 11 février 1500 (C. Malagola, *Antonio Codro detto Urceo*, Bologne, 1878, p. 193).

[4] C'est l'*Epistolarum graecarum collectio* de 1499.

[5] V. plus haut, lettre 3, et Malagola, p. 226.

21. *Doctissimo et humanissimo uiro Aldo Manutio Romano tanquam fratri honorando. Venetijs. A la botega de S. Innocento libraro in drito la spetiaria del pomo doro* [1].

Philippus Beroaldus iunior Aldo Suo salutem. Io. Antonius bibliopola Bononiensis largam salutem mihi nomine tuo detulit, quae res mihi sane iucunda ac salutifera fuit. Significauit praeterea te fuisse cupidum obsequi mihi de duobus quinternionibus epistolarum grecarum mittendis, teque aliquandiu epistolam ad te meam, quam dudum misi, quesiuisse frustra. De qua sollicitudine ac diligentia tibi gratias ago, quod si me uoti compotem facies non parum tibi debebo. Quinterniores his notis notantur ut ex regesto collegi ττ, cuius principium est πεῖσμαι, et sequens quinternio uidelicet υ, cuius principium est Φιλοστράτου. Hi ergo duo quinterniones in uolumine illo quod tu Codro et dedicasti et donasti desiderantur; quos si ad me deferendos dabis, tam mihi gratum erit quam quod gratissimum.

Georgius grecus, quum Bononia discessit, accepit a me sex marcellos mutuo, quos tamen nondum mihi restituit. Feci ego forsan nimium stulte illi credere; sed dedi hoc pietati, dedi humanitati. Te rogo ut, cum forte illum uidebis, hominem admoneas quod si pecuniae summa est illi inopia, ut esse credo, perscribat mihi aliquod opusculum grecum, ut puta orationem aliquam Demosthenis uel alicuius alterius oratoris; tam mihi hoc gratum esset, aut certe gratius, quam pecuniam exigere. Non te occupatus occupatum pluribus morabor. Vale. Datum Bononiae. MDI. viij. Martij.

22. *Domino Aldo Manutio uiro humanissimo. Venetijs* [2].

Scripsit ad te proximis diebus Adrianus purpuratus super Venatione sua quam tu formis excusisti tuis [3], agens tibi gratias istius tuae in se officiositatis; eas tu litteras ni fallor ad hanc diem accepisti. Caeterum, quum aliquae mendae ab opificibus commissae auctorem ipsum offendunt, mecum egit qui eius dego contubernio, ut eas collectas ad te mitterem, uti ipse curares eas in calce opusculi sub ancora tua imprimendas. Tu pro tua humanitate hunc reliquum laborem in gratiam Adriani exudabis. Quum autem Phernus [4] ad te litteras dedit, quibus ut audio tibi uitio uortit quod Adrianus sine asperatione scripseris et excusoria simplici, id licet rideas non stomacheris, fecisti uero ut caetera diligenter et docte. Nam et greci Ἀδριανον scribunt et monumenta alia antiqua asperationem non ostendunt, quamquam nec multa desint numi-

[1] *Vat. Reg. 2023*, f. 40.

[2] *Vat. Reg. 2023*, f. 39.

[3] *Adriani cardinalis s. Chrysogoni ad Ascanium cardinalem Venatio*, septembre 1505 (Renouard, *Annales*, p. 49).

[4] C'est à Michele Ferno, le biographe d'Alexandre VI, qu'Alde avait dû communication du traité du cardinal Adriano; il le déclare dans la préface mise à l'édition.

smata quae Hadrianum uelint. De excusoria nemo bene litteris inauguratus te reprehendet, cum pro te stet ratio firmissimum propugnaculum. Sed tu sciolos omnes missos facias, et quod fecisti antehac remp. litterariam strenuus auge. Vale. Romae. XV. Nouembris MDV.

Vti frater Philippus Beroaldus iunior.

Sigismond Thurzo.

23. *Excellenti ac crudito uiro domino Aldo Romano amico meo char.*^{mo} [1].

Sigismundus Thurzo prepositus Albensis ac Ser^{mi} Hungarorum et Bohemorum etc. Regis secretarius Aldo Suo salutem.

Deuenerunt iis diebus certi libelli in formam enchiridii redacti in meas ac R^{mi} Domini Georgii episcopi Varadiensis [2] manus, quibus propter eorum commoditatem mirifice oblectati fuimus. Nam ex quo propter uarias meas occupationes uix tantum nobis ocii conceditur ut in edibus nostris poetis uel oratoribus uacare possimus, iis propter eorum tractabilitatem et inter ambulandum et ut sic dixerim inter aulicandum, nacta oportunitate, pro maximis utimur delicijs [3]; utque duos ex illis, puta Virgilij et Oratij opera, inter ceteros id genus libellos magis castigatos et pulchrioribus caracteribus impressos ex edibus Aldi Romani emissos conspexi, mox mihi in mentem uenit tuam et hortari et orare humanitatem ut pro ueteri nostra amicitia Marcum quoque Tullium tam in epistolis quam etiam in alijs libris in hac eadem forma legendum nobis traderes. Si igitur, charissime Alde, cognoueris hunc quem ueteris amicicie nostre causa tibi impono laborem, tibi non esse aliquid dampni allaturum, uelis R^{mi} Domini Varadiensis et meo desiderio morem gerere, atque libros Tullij, quos sine tuo beneficio legere non possumus, legendos nobis tradere. In quo et nobis et studiosis omnibus rem facies ualde gratam. Vale feliciter. Ex Buda, XX Decembris anno a Natiuitate XPI Mill.^{mo} quinq.^{mo} primo.

Jean Lascaris.

24. *Domino Aldo Manucio Romano, viro utri/usque lin/guae peritiss/imo et/ honorando. Venetijs* [4].

Messer Aldo quanto fratello charissimo, non ho prima resposto alle uostre lettere per non essere in loco unde credesse facilmente ui potesse capitare alle mano la resposta. Al presente, hauendo trouato la commodita, subito ui

[1] *Ambros. E. 36 inf.*, f. 2. C'est à cette lettre qu'Alde répond dans une jolie dédicace à Thurzo, en tête de l'édition in-8° des *Familiares* de Cicéron, qu'il publia en avril 1502. On peut en lire la traduction chez Didot, p. 207.

[2] Georges, évêque de Varadin, mentionné dans l'épître dédicatoire d'Alde.

[3] On voit à quel besoin répondait l'in-8° inauguré par Alde.

[4] *Vat. 4105*, f. 112.

respondo, & primum ui regratio summamente che in tanta distantia de loci & doppo tanto interuallo de tempi, benche apoena shabiamo parlato, ui recordate di me & scriuete & honoratime cum li piu grati doni che a mi si possa fare [1]. Diche io laudare ui posso che de quelli anche ad chi pure una fiata hauete parlato tenete conto come de bon amici, & ne absentia ne altra seiunctione uale ad diminuire l'affectione quale semel hauete monstrata; ma recompensare l'honore mi fate non saperia el modo. Resta io pregi Idio, persuadendomi dela essere ogni bonta & virtu concessa, li piaqui confirmare et conseruarui in tutte uostre cose, obseruante de l'officio come io uego fate cerca all'amicicia, acio in ogne uirtu siate cognosciuto consummatissimo.

Et per che me scriuete uolere dar fuori ἐγχειρίδιον de Homero [2] come de Virgilio & Oratio, quanto ad me l'ho molto a charo & maxime andando uagabundo nel modo che facio; niendimeno seria piu al proposito, in loco de Homero, facesti cosa di che non shauesse copia, percio che non se po neli graeci libri ἐκ περιουσίας, come neli latini, attendere alla commodita, doue la necessita non e anchora adimpita. Alla quale opera dicono li litterati uoi essere obligato, per lo gran principio quale hauete facto non senza promissione assidue di peruenire a fine [3]. Adeo che al presente allora pare iure quodam suo potersi piu tosto lamentare di quanta speranza siano defraudati, cha douerui piu commendare per quanto finasthora li hauete concesso; & benche pensiate di resartire el damno loro cum le cose latine, & accusate li tempi, nihilominus ταῦτας πάντας προφάσεις ἡγοῦνται, & la uera causa de la uostra transmigratione dala Graecia alla Italia [4] asseuerano essere lo guadagno, loquale senza dubio e indecente cosa che sia primo proposito ad homo docto, si quid haud indecenter σοφίη πενίαν ἔλαχεν; & se dite che senza viatico non se poe ne peruenire ad fine, ne pure commodamente allogiare, & che, non solamente dele guere, ma molto piu de simile imprese per quanto importano sono nerui li dinari, anchora ad questa parte ad loro potere occorrere, a me non toca dare iudicio quanto aequamente; tamen dicono che lo guadagno facto & che continuamente e per farsi da uoi in Italia deue subleuare si quid est incommodi nela Græcia, unde tuta la impresa hebe capo & principio. Ceterum haec mihi tecum non minus serio dicta quam ioco accipias uelim, come da quello che desidero ne faciate anchora piu commodita quale per el passato grande in uero hauete facto, maxime in quelle cose doue cerca alla castigatione fue posta la debita diligentia. Sed de his satis superque.

[1] On ne connaissait pas de relations entre Aldo et Lascaris avant le séjour de celui-ci à Venise, en 1503 et années suivantes (Legrand, *l. c.*, t. I, p. CXLIV).

[2] Aldo a réalisé son projet en 1504, en publiant Homère en deux volumes de petit format in-8°.

[3] Depuis *hauete* jusqu'à la fin de la phrase, le texte se lit dans une rature.

[4] Allusion aux livres italiens qu'Alde venait de publier, l'*Hypnerotomachia*, le Pétrarque, le Dante. En présence de ces chefs d'oeuvre typographiques consacrés par Alde à la littérature nationale, nous ne pouvons partager les regrets de Lascaris et nous sommes moins sévères que lui pour les infidélités faites à la Grèce par l'imprimeur vénitien.

Alle altre parte dele uostre lettere, lo Terentio [1] ui mandaro come trouo commodita. Delo Plynio non ui prometo anchora, per che bisognaria reuederlo meglio, non so come haremo ocio [2]. Dela bona memoria di Delio, io haueuo inteso anchora prima che scriuesti, & poi anche mi e stato confirmato che, oltra certi libri li quali subito forono dissipati, non ui lassò altro che debiti, & quando hauesse lassiato qualunche roba o denari, li parochiani lhariano presa, come quelli aquali piu tocano cha si hauesse hauuto legitimi figlioli non che altri parenti, secundo li statuti de qua cerca forestieri chi non hauesse impetrata la gratia dala M[ta] del Re di potere desponere del suo in caso de morte, o non hauesse disposto etiam senza la gratia alquanti giorni auanti alla morte; dele qual cose lui ne una ne laltra haueua fatte, essendo morto [3] giouene & in spacio di dua o tre giornj. Altro non mi accade. Bene uale, & si posso qualche cosa per uoi, siate certo son promptissimo ad compiacerui. Blesis. 1501, a di 24 di decembre.

Ioannes Lascaris tuus [4].

Candidus Romanus.

25. *Eruditiss. atq. prudentiss. uiro domino Alto Manutio Romano amicorum optimo et cet. — Cito et fideliter* [5].

Candidus Romanus D. Alto Manutio Rom. S. P. D. Profecto, disertissime uir, quanti sit extimanda uirtus, quoue laudum praeconio ab omnibus efferenda uel hinc satis liquido constat. Quom ipsa sola eius efficaciae eiusque momenti existat, ut qui ea praediti sunt, non domesticis modo ciuibusque suis innotescant atque honorentur, uerum apud incognitas quoque extrariasque gentes eorum nomen percelebre fiat atque immortale. Et (quod maiori quidem admiratione dignum autumo) solo auditu soloque aliorum relatu nondum uisi amore quodam incredibili, simul ac ueneratione singulari ab

[1] Ici est un mot que nous ne lisons pas; peut-être est-ce un équivalent de *manoscritto*.

[2] Nous constatons ici que Lascaris, à Blois, au milieu des affaires et des distractions de la cour de Louis XII, s'occupe de chercher des manuscrits pour Alde. Le manuscrit de Pline est très probablement celui des *Lettres* de Pline le jeune, dont la copie fut exécutée pour Alde par Fra Giocondo de Vérone, et dont l'original même fut apporté de France par Alviso Mocenigo. V. la préface de l'édition aldine de 1508.

[3] L'autographe porte *molto*, lapsus évident.

[4] Plus tard, Lascaris signait de préférence *Ianus Lascaris*.

[5] *Vat. 3433*, ff. 78-79. — Nous ne connaissons de ce personnage que ce qu'il nous raconte dans ses deux lettres à Alde, conservées parmi les papiers de Paul Manuce. C'est un élève de Pomponius Laetus qui, après avoir essayé d'apprendre le droit à Bologne, est revenu à ses premières études et a prié Alde de lui trouver une position d'humaniste à Venise. Il s'est rendu ensuite en Campanie, et a longé la côte pour visiter certains monuments antiques; au retour, il n'a pas trouvé de réponse d'Alde, et il insiste pour que celui-ci lui vienne en aide dans son dénûment. — Un certain Candido Albino vivait en 1546 et fut précepteur à la cour de Mantoue (Mazzuchelli, *Scrittori*, t. I, p. 334).

omnibus amentur, expetantur, adorentur. Hinc est quod a probatissimis scriptoribus, ac praesertim a Philostrato, chartis mandatum est Apollonium illum Thianaeum, qui propter eius diuersarum multarumque rerum perfectissimam scientiam a quibusdam philosophus, a plerisque magus uocitatus est, in Indiam usque penetrasse Brachmanarum uidendorum gratia, Hiarchae in primis eorumdem principis fama pellectum. Compluscul os etiam alios ut Melesigenem, ut Pythagoram, ut Platonem, ut innumerabiles alios extitisse memoriae proditum est, qui nulla alia de re per diuersa loca peregrinati sunt, nisi ut illorum colloquio fruerentur amicitiamque inirent quos pollere uirtutibus intellexissent. His itaque, uir eruditissime atque humanissime, argumentis exemplisque efficacissimis ipse quoque adductus excitatusque non possum te tametsi nunquam uisum non perinde ac antea familiarissimum ac amare ac uenerari. Ea de te, deque egregiis uirtutibus tuis quam plurimos ac praesertim Venetum quendam uirum quidem non eruditum recensere cotidie audio, adeo ut dum illa arrectis auribus ausculto prae nimia admiratione prope obstupesco. Non enim uir ille quamquam facetissimus rugator mihi uidetur. Es igitur mihi, ingeniosissime vir, propter amplissimas animi tui dotes antea notus quam uisus, antea amicus quam compellatus. Ac eo equidem te ac uidendi ac adloquendi ingenti desiderio flagro, ut tecum dies tecum noctes semper absque aliqua temporis intermissione et manere ac colloqui mihi uidear, ac quid num iniuria hoc facio? quom eius hominis humanissimi beneficentissimique gratiam inire desiderem, qui cum (absque adulatione dictum uelim) perpauci in omne pene uirtutum genere conferendi ueniant. Tu nanque (ut audio) ea humanitate, comitate, tractabilitate, munificentia, misericordia, atque diuina quadam supra humanam imbecillitatem mirabili modestia prae caeteris polles, ut uel quos uideris nunquam ad te amandum honorandumque tanquam alter T. Liuius excites, instiges, compellas. Quid de sollertia tua? quid de ingenio prope diuino? multarum diuersarumque rerum cognitione referemus? Quid item de tua natura optima? uitaque probatissima referemus? Profecto honestius longe mihi uisum est atque conuenientius in his recensendis Chilonem quam Theophrastum imitarj, quando ea plane sunt ut potius tempus quam materiam deficeret. Sed ne ego illius ab quo maxime abhorreo teterrimae adulationis uitij nota iniuriari ab aliquo possim, - (est enim humilis abiectique ac per omnia uilissimi animi inditium adulatio) - quae de tuis laudabilibus uirtutibus non improprie nec mendaciter referri possent, sub silentio praeteribo. — Ad alterum igitur, quod ad te ut scriberem, operae pretium mihi uisum est, transitum faciam paucisque rem ipsam tibi significabo. Duo ut has ad te litteras darem me hortata sunt. Illud imprimis ut tuam beneuolentiam tuumque amorem quoquo modo mihi conciliarem, dein ut tuum et consilium ac auxilium in meis necessitatibus implorarem. Nec mihi uitio adscribas, si in hoc tibi audaculus uidebor. Tua nanque humanitas summaque bonitas omnem titubationem omnemque timorem ex animo meo fugarunt, ac, ut audacter ad te scriberem tuumque officium experiri non dubitarem, effecerunt, persuadentes mihi te tuapte natura ultroneo quodam ac prope diuino animi numine, ad conferenda magis quam ad recipienda beneficia propensum esse, nullaque alia re magis gaudere quam omnibus indiscriminatim ac promiscue quoquo modo prodesse posse. O hominem laudandum, amandum, tanquam diuinum nomen in terris honorandum! Hoc est litteras uirtutemque profiteri, hoc uere philosophari, hoc Romanum esse. Quid enim honestius? quid laudabilius? quid sanctius? quid porro deo antiquius unquam esse posset quam subleuare egenos, adesse miseris, succurrere periclitantibus? quam denique omnibus indifferenter opem ferre? Duae imprimis uirtutes sunt, quae homines etiam ab crudelissimis ac nulla fere ratione pollentibus laudari amari defendique efficiunt, clementia uidelicet ac liberalitas. Sed, dices tu, haud sum nescius quid hic sibi uult cum huiusmodi macrologia? Aliquid magni expetit mea opera consequi. Magnum profecto est, immo maximum si me respiciam, uerum si te tuamque auctoritatem, quam maximam te istic optinere iam pridem percepi, considerem, perquam exiguum erit quod ut iam animum meum habeas tale est. Quartus nunc agitur annus (si recte recolo) quod Pomponius Laetus pater ac praeceptor meus diem obijt, cuius morte apprime tristatus decreui Vrbe relicta alio me conferre. Quod ut proposueram effeci, Senisque praeteriens forte (uti solet accidere) quemdam meum olim condiscipulum atque contubernalem conspicio, qui quom primum me uidet totus gaudibundus amplectitur, deosculatur, dein domum suam me ac tris meos comites ducit triduoque illic retinet. Inter confabulandum forte (ut fit) subit mihi recordatio cuiusdam nostri condiscipuli, de quo illico hunc interrogo. Respondet mihi illum esse Bononiae, quo intellecto commeatum ab eo adcepi iterque Bononiam uersus dirigo. Inuenio statim meum amicum qui, postpositis penitus litteris his politioribus quae humanitatis studia appellant, legibus iam se totum manciparat, cuius exemplo ac persuasibus motus legibus operam nauare incoepi, hisque biennio sub eodem contubernio incubui. Quae et si prius non multum mihi displicerent, utpote quae ueram latinatem (*sic*) summamque elegantiam contineant, tamen, quum primum illarum glossas atque interpraetes legere coepi, uisus sum mihi inter Getas Sarmatasque relegatus esse. Ex quo plane exsilio ut cito in patriam postliminio (ut aiunt) reuerterer, decreui leges omnino relinquere et ad humanitatis studia remigrare. Verum quia non absque leuitatis nota hoc fieri potest, ac praesertim quom ego ad meos vicenas iam litteras dederim in quibus illos bono animo esse iussi, quod leges iam non amplius humanitatem, ab qua semper me deterruerunt, hylari animo summoque studio sequor, tu etiam atque etiam rogo, clementissime vir, uti aliquam istic Venetijs bonam conditionem inuenire non dedigneris, ex qua aliquid lucrari possem, quod mihi ac ad honorem tutandum ac ad alia necessaria suppeditanda sufficeret, ac, ut apertius habeas animum meum, uellem digneris ad me scribere omnes istius urbis conditiones, quantum istic litteratus quispiam lucrari posset, et in quo magis exercitio, et in qua habeat auctoritatem. Tu melius me habes quam ipse tibi per litteras sciam exprimere. Non enim istuc studendi gratia (ut tibi uera fatear) sed lucrandi aliquid potius desidero. De litteratura mea non ausim quicquam profiteri, quom pusilla sit. Illud audacter profitebor qui elegantius citiusue pueros doceat quam ego uix repperi quempiam; quid uerbis opus est? experientia iudex erit et testis. Reliquum est, uir apprime laudande, ut mihi tua auctoritate qua plurimum polles adesse uelis. Quod si te facturum pro tua humanitate non dubito, debet te propterea mouere quod ambo Romanj sumus, quorum illud proprium omnibus benefacere. Dignaberis ad me quo poteris ocius de singulis rebus copiosius rescribere, et ita clare et copiose rescribas, ut nullo sit opus interprete; te equidem in hac re patronum et consultorem elegi. Si ex re meus es, roga fideliter, ut Romanum decet, mihi ut istuc ueniam; consulas sin uero aliter, itidem Romana fide et simplicitate mecum utare. Non enim in ingratum et barbarum beneficia conferes. Bene uale, Romanorum decus. Bononiae. viij Cal. Martias . M . DII .

Quas ad me dabis litteras ad Theodosium quendam Brixiensem bibliopolam, apud quem diuertit procurator quidam tuus, dirigere non pigebit.

26. *Prudentiss. atque disertiss. uiro D. Alto Manutio Romano amico chariss. Fideliter* [1].

Etsi te tum ex litteris tuis, tum etiam ex multorum non uulgarium hominum relatione humanissimum clementissimumque cognoscerem, has ad te litteras haudquaquam dedissem. Auget praeterea animum meum atque fortificat communis patria, unde pauculis ante diebus reuersum sum. Fui enim Romae hac estate, ac totam fere oram illam maritimam cum Campania peragraui, uisurus quaedam monimenta antiqua, quae tamen inuenire non potui. Vidique procul Bassianum tuum [2], in quo conspiciendo quom aliquantulum immorarer, duo forte inter se confabulantes de nece Domini Bernardini tunc praeteriere, quos ad me uocatos cuiates sint percontor, Bassianenses se affirmant. Quae illis de te dixi tametsi nondum uiso sub silentio praeterire honestius duxi. Non enim tu is es qui adulationibus te sinas turpiter capi, neque ego qui sciam adulatione uti [3]. Quom igitur haec ac eiusdem generis alia me solito audaciusculum efficiant, non est quod mireris si tecum ita familiariter ago. Tua nempe (ut dixi) nimia bonitas, omni pudore atque timore expulso, audaciorem suggerit, ac ut te in nihilo mihi defuturum credam persuadet. Quid autem abs te uelim, non est opus amplius scripto, satis iam, ut arbitror, recte meum desiderium tenes per plusculas meas litteras tibi ample declaratum quas ad te diuersis tabellarijs dedi, et praesertim tuo procuratori seu institori per quem quemdam meum tibi dialogum misi. Miror equidem quod nullum de te responsum hactenus habuerim. Fortasse in maioribus occupatus negocijs Candidum tui amantissimum obliuioni tradidisti. Quod minime credo. Immo tabellariorum malignitate atque perfidia potius factum esse censeo. Quomodocunque res sese habuerit, uehementer te rogo ut uoto meo satisfacere non

[1] *Vat. 3434*, ff. 21-22.

[2] Alde, né à Sermoneta, dans le *Bassiano*, signait alors *Bassianus* aussi bien que *Romanus*. Son solliciteur romain croyait se faire bien venir de lui en parlant de ce pays.

[3] Cet indiscret personnage ne fait cependant pas autre chose.

recuses et quo poteris ocius ad me rescribere non dedigneris, ac ita copiose atque aperte rescribas, ut aut augeatur aut diminuatur penitus mea istuc ueniendi cupiditas. Vnum illud mihi persuadeo, quod id opinionis istic apud omnes optines, ut possis meum si uolueris uotum explere. Quod te et uelle et facere non dubito. Litteras tuas ad Theodosium bibliopolam huc Bononiam diriges; fideliter mihi consignabit, eo nanque familiariter utor. Bene uale. Bononiae. Pridie Nonas Nouembres anno salutis Chr. M . D . II . [1]

Jean Spiesshammer (Cuspinianus).

27. *Aldo Manutio Romano litterarum restauratori eruditissimo fratri suo obseruandissimo* [2].

Cuspinianus Aldo suo S.

Aratum cum Dionysio ac Q. Sereno quondam a Victore Pisano editum te uidisse nunquam scribis. At ego a te postulabam Auieni in Dionysium tralationem [3], elegantem quidem et concinnam, quam quia non habes suppetias mihi ferre in conficiendis monstris que michi supersunt polliceris, que tibi iam libere aperio, et tuam expecto opem. Sed quedam minuscula sunt quae non Dionysium ipsum sed forte tralatorem exigunt; dicam tum omnia ordine et quae maiora et quae minora me angunt.

In descriptione maris, ubi mare Ligusticum describit Auienus, sic legitur:

Gallicus hinc estus peruoluitur hic super orbem
Massiliam gens graia colit ligurumque tumescit
Aequor et indomito tellus iacet Itala regno
Ausonius hoc regio et pubi genus a Ioue summo
Qua se flabra trucis boree per inhospita terre
Eructant caelo populis caput aenea clarum.

[1] Suit un assez long post-scriptum que je crois inutile de reproduire, et où Candidus revient encore sur ces projets en les précisant davantage:

.... Rescribes ad me igitur, Domine Alte, de singulis rebus, et illud mihi consule quod amicus amico consuleret. Nihil enim istuc me magis moueret ut uenirem, nisi spes lucrj, ut et librorum et uestium aliqua suppellectili comperata, triennio aut quatriennio istic permanendo, lares patrios postea cum laude et admiratione reuerterem.

[2] *Vat. 4103*, ff. 11, 12. — Il y a plusieurs lettres de Romolo Amaseo au savant viennois, dans le recueil de ses minutes, *Ambros. D. 275 inf.*; la première est écrite de Padoue, en 1523, f. 15. Disons en passant que le même cahier contient des lettres à Egnazio, à G.-M. Giberti, à Pole, à Bembo, etc.

[3] La traduction du poème grec de Denys le Périégète *(De situ orbis)* due à Rufus Festus Aviénus avait été éditée pour la première fois à Venise, en 1488, par Giorgio Valla et Vittore Pisano. Ce texte, extrêmement incorrect, a été corrigé, à l'époque qui nous occupe, par trois savants autrichiens: J. Cuspinianus (édition parue à Vienne, 1508), J. Camers (note à son commentaire sur la traduction du même poème due à Priscien, Vienne, 1512) et Joach. Vadianus (édition parue à Vienne, 1515).

Quid sibi uelit *aenea* dubito [1], neque satis hic accipio grammaticam; sed hoc leue est piaculum.

In descriptione particulari Affrice alius nodus indissolutus michi occurrit, ubi de Carthagine loquens Festus ait:

Menia consurgunt tyrie carthaginis illa
Vrbs phoenissa prius libyci nunc susis alunna.

Nescio an Carthago Susis appelletur et quur ita [2].

Post paulum in eadem Affrica in descriptione Nili sic canit:

Ethiopum in lingua siris ruit vtque siene
Cerulus accedens diti loca flumine adulat.

Ingenue fateor me nescire quale sit hoc uerbum *adulat*, et tu fraterne me instrue ignorantem [3].

Deinceps in eadem Affrica ubi describit Thebas sic inquit:

Hic urbs est Thebe, Thebe que menibus altis
Precinxere larem Memnon ubi Tithoneus
Suspectat roseas aurore matris habenas.
Pars que cocandis cedit ab eqaore septem
Oppida sustentat, etc.

Non ignoro hic litteras esse confusas et ex uno uerbo duas factas dictiones, sed nescio quid sit *cocan* [4].

In descriptione Europe particulari uersus est totus corruptus et sine sensu loquens de Illyria sic ait:

Italiam cingunt tot diti cespite gentes
In iuuat eorum rursus sc aperuia flectunt [Aequora] [5].

Spinge opus est ad dissoluendum.

Describendo Absyrtides insulas mare Ionij, in descriptione insularum uersus est truncatus.

Inuenient Colchos: huc quodam cura fidesque
Extulit insanam sectantes et inent [6].

Vide mancum et claudum carmon.

[1] Alde a mis de sa main diverses corrections aux passages cités d'après l'édition vénitienne et sur lesquels son correspondant élève des doutes. Il corrige ici *Aeneadarum*, leçon adoptée par Cuspinianus et les meilleurs éditeurs. Pithou a suivi ici, comme en plusieurs des autres passages, le texte de Venise.

[2] Alde corrige *ruris*. Cuspinianus et Vadianus ont adopté: *Lybiae nunc ruris alumna.*

[3] Alde corrige *adundat.*

[4] Alde corrige *Pars quaeque Oceani discedit.* Cuspinianus adopte: *Pars ea quae O.* d Wernsdorf (*Poetae lat. min*, vol. V, Paris, 1825): *Pars quae Cyaneo discedit.*

[5] Alde corrige *in iubar* et *peruia*, ce qui est à peu près le texte adopté par Cuspinianus et Wernsdorf.

[6] Leçon sans aucun sens des éditions vénitienne et Pithou. Alde corrige *aeetinen*, et cette leçon a trouvé place dans les éditions viennoises.

Ubi Thulen insulam describit, uersus est imo mutilatus:

Tenduntur scythici longe mares in phasis [1] ortum
Eoa et ut coeaneis se repit [2] ab undis, etc.

Hic indagatione opus est quid si uelit hec uerborum confusio.

In Azia postquam mulieres Lydias scripsit, et Lycios sic canit:

Pamphylie in fines hic idem cragus habetur
Nomine sub gentis prope celsam surgit in arcem
Pirscas ide fomes [3] calidis adoletur in aris [3]
Sepe dionee veneri, etc.

Quantum mihi licuit ex Dionysio greco comprehendere sensus, porcus ibi Veneri sacrificabatur. Sed quid sit *pirscas* nescio; etiam si legam *prisca side* item nescio. Cosmographi hunc locum aspendos dicunt. Tu mihi hunc locum rogo explana qui me angit.

Dehinc in Azia ubi describitur Casius mons, duo folia uitio librariorum sunt inuersa, quod ego a greco Dionysio didici; sunt tamen quaedam uerba satis enormitus mutilata.

Vbi Nabatheos describit, uersum quendam interserit:

Lybdanus est tellus came uicina fluento [4].

Dionysius non Lybdanus sed Chatramis dicit; expone mihi queso quid sit hoc apud grecos uocabulum.

Magna me tenet admiratio quid sibi uelit hic uersus, ubi describit Mediam et postquam de Medea loquitur subinfert:

Proditur inque fugam propere conuertitur exul
Has post in terras pinis subiuit etine [5].

Dic queso quid sit *etine* et quomodo uersus fiet.

Persiam describens ait:

Quin inpactos amor [6] est in discere Persas.

Epitheton hoc Persarum ignoro quur inpacti dicantur et versus sillaba claudicat.

Fateor me nescire quid sit illud in descriptione forme Indie:

Hylleum longas exercent uomere terras.

Dic queso quid sit *hylleum* [7].

[1] Alde avait d'abord corrigé *fasis*, puis il a rétabli *phasis*.

[2] Alde corrige: *Eoae tunc Oceani subrepit*. Cusp.: *E. t. O. se repit*. Vad.: *in salis oras Eoi, post Oceani surrepit*. Wernsd.: *in facis ortum Eoae tum cyaneis erepit*.

[3] Alde remplace ces trois mots par trois hémistiches, adoptés dans les éditions postérieures:

Piscosi Aspendum flumen secus Eurymedontis
Sus ubi deformis.

[4] V. 1135.

[5] Alde corrige *subiit Acetine*. Cusp. et Vad.: *subit Ectine*.

[6] Alde corrige *Quin etiam post hos amor*, adopté par les éditeurs.

[7] Cuspinianus donne dans son édition *Peucaleum*. Alde, que nous venons de voir à l'oeuvre comme philologue et correcteur de textes, n'a point annoté ce dernier passage;

Hec loca, mi Alde, tuo ense acutissimo confice et prosterne. Nam que marte meo confeci uidebis; sunt enim super quinquaginta et que grammaticalia sunt et que cosmographica, et si unquam exemplar Rufi Festi Auieni in Cosmographiam Dionysii inueneris, te queso per tuum candidissimum genium fac me participem [1]. Nam meus estuat animus in Cosmographia; quam doctissimi nostro aeuo mathematici Suborius et Stabius mirabilia operantur in Cosmographia, et si Mirandula noster uiueret sine illis uiuere nesciret. Circumfertur insuper impressus Aratus in prima forma ubi elegantissimum carmen Festi adnexum est iambicum de ora maritima, sed mutilum et corrosum. Si ad te perueniret integrum, fac queso integritati restituas et immortalitate tuo beneficio donetur. Sitibundus admodum expecto et patulo rictu Dioscoriden rogo enitere pro studiosorum communi utilitate ut in lucem prodeat; satis iam delituit, satis dormiuit. Fac expergiscatur et ad nos redeat [2].

Parce si te obtundo uerbositate mea; singularis enim amor in te meus efficit ut largius tibi scribam; si michi fidem habes, non ero ingratus. Cogitaui autem te uelle nouo honore afficere; si modo non te displiceret, neque contentum foret quia Comes Palatinus nouus futurus es, ego mox Regem adibo, credo post mensem, et tibi omnia impetrabo. Fac tantum que tua arma sunt aut que concupiscas mihi mittas, et uoluntatem tuam mihi aperias [3].

Iam nichil a te desydero nisi Hyppocratis Aphorismos et si tibi esset Theophrastus de gemmis latinitate donatus. Vale et tui Cuspiniani memor, quem iure diliges quia te amat. Vale iterum. Ex Vienna, 28 decembris 1502.

Mitto tibi quas petiisti historias que in primo Valerij desunt [4].

toutes les corrections précédentes, qu'il transmit au savant viennois, ont dû lui être suggérées par le manuscrit grec du *De situ orbis* qu'il possédait et dont parle la note suivante.

[1] Alde n'envoya pas de manuscrit d'Aviénus. Toutefois, Cuspinianus rappelle, en 1508, dans la dédicace de son édition d'Aviénus à Stanislas, évêque d'Olmütz, les services qu'Alde Manuce lui a rendus pour l'établissement du texte; il dit avoir été gratifié par lui *graeco Dionysii uenerandae uetustatis exemplari.* Il énumère, dans la même pièce, les difficultés d'un auteur *non lacerum modo ac singulis pene carminibus deprauatum, uel integris quoque chartis inuersum (quod nemo animaduerterat)*; il met triomphalement à la fin: *Cuspinianus neuos et verrucas sustulit.* En dépit des efforts du nouvel éditeur et de la collaboration d'Alde, il restait encore beaucoup à faire sur ce malheureux texte. Camers, qui fut le premier à s'y mettre après eux, se servit à son tour du Denys grec fourni par Alde, dont son compatriote Cuspinianus lui avait fait don; il est facile de reconnaître ce manuscrit cité dans l'épilogue du travail de Camers, en 1512.

[2] Dioscoride avait paru avec Nicandre, chez Alde, en 1499.

[3] Alde ne paraît pas avoir donné suite à ce projet.

[4] Cet envoi de Cuspinianus avait de l'importance. Alde avait publié en octobre 1502 son édition de Valère-Maxime; les fragments que lui adressait son correspondant de Vienne et qui avaient paru à Leipzig, l'année précédente, manquaient à sa publication; il dut réimprimer les huit premiers feuillets, et les remplaça par douze autres, contenant, outre les vingt-quatre *exempla* nouveaux, une épître de remerciement à Cuspinianus. (Cf. Didot, p. 219).

Giovanni-Gioviano Pontano.

28.

Messer Suardino carissimo [1], Con summa satisfactione del mio animo ho receuuta la uostra de septe del presente ad li 26. Respondero breuemente ad le parti necessarie. Et primo resto con summa obligatione ad messer Andrea Nauigerii [2] che ne ha[bbia] uoluto tanto egregiamente honorare con li soi suauissimi uersiculi; ueramente con sua benigna supportatione, ha non poco transportato; ma la bona affectione e de tal natura che con difficulta se contene intra li soi confini. So tutto suo; recomendateme ad la sua bonta, [et] li dicate dolcemente che non se uoglia ingannare circa le cose mie, [le] quali, perbenche siano de homo studioso, pur sono commune et populare. Non serro ingrato quanto in me serra de tale testificatione.

Quanto al mag.co Baduer ne uoi possete fare altro ne io. Restoue obligatissimo del facto; per lo aduenire fate quello ue serra possibile; dolme per li posteri piu che per causa mia. Al mag.co messer Marco Antonio. . . [3] non ue ne sia affanno recommendarli me et questa recuperatione del libro.

Messer Michel de Porto con meco multi anni sono che uso grandissima humanita . . . .

. . . . [4]

intra lo epigramma *in somnis* et *promissum mihi*. Lo epigramma che comenza *Baianas* intrat inter *cum mollis* et *copertis altilius*. Terzo, *Tecum si liceat* intrat *sunt grate in tenebris* et *noster quoque*.

Possete attendere ad la stampa de la Vrania liberamente. Le Hesperide mandaro poi in Venetia a messer Alto Romano bene emendate et qualche altra cosa. Voi non solo site da me nominato in quello dialogo, ma etiam in altri lochi, perche ue voglio bene et meritatelo.

Intitulatione de li Hendecasyllabi e questa: *Ioannis Iouiani Pontani ad Marinum Tomacellum equitem Neapolitanum liber incipit*. Se alcuno uole fare alcuna epistola per la stampatione et seruirsene, ad me e summo piacere et ho caro el faciate uoi [5]. Tucta la Academia e uostra et io principalmente,

[1] *Ambros. E. 30 inf.*, f. 29. — Cette lettre est écrite à Soardino Soardo, de Bergame, qui avait apporté à Alde les oeuvres de Pontano; elles enthousiasmèrent l'imprimeur, qui adressa immédiatement au poète napolitain l'épître dédicatoire de la seconde partie de son *Stace* (novembre 1502). Soardo s'occupa de l'impression des oeuvres de Pontano; notre lettre renferme les instructions de l'auteur qu'il était chargé de transmettre à Alde.

[2] Andrea Navagero, *Naugerius*.

[3] C'est sans doute Marco Antonio Michiel, sur lequel on pourrait voir Cicogna, *Intorno la vita e le opere di M. A. Michiel patrizio veneto della prima metà del sec. XVI*, dans *Memorie dell'Istituto Veneto*, vol. IX, t. III.

[4] Il manque ici une quinzaine de lignes, la lettre ayant été coupée par le milieu. Le texte reprend dans les indications que donne Pontano pour le classement de ses épigrammes.

[5] Voici le titre de la première série des oeuvres poétiques de Pontano qui parut chez Alde en 1505 (la seconde, comprenant les *Amores*, les *Eclogae*, etc., est seulement de 1518):

et uolesse Dio la aeta comportasse che alcuna fiata ce potessemo reuedere. Io sempre de questa optima uolunta uerso me serro ben recordeuele. Et in Venetia et in Bergomo salutate li agnati et parenti et fateli intendere che so tutto loro, perbenche sia al uerde deli mei anni. In Napoli, oltimo decembre 1502.

Girolamo Bologni.

29. *Aldo Manutio Romano in utraque lingua eruditiss. clariss. optimo* [1].

Hieronymus Bononius Aldo S. D.

Qua sis humanitate ac eruditione, qua ingenij acrimonia, qua demum industriae solertia, quamplurima declarant apertissime monumenta per omnem iam Italiam immo per uniuersum terrarum orbem linguam utramque profitentium copiosissime promulgata, dum libros quam emendatissimos aeneis caracteribus, mirando aetatis huius inuento, studes eleganter excudi. Comprobant insuper clarissimorum uirorum testimonia qui certatim de tua excellenti doctrina bene sentiunt et loquuntur. Inter quos quidem polyhistor noster Iohannes Aurelius Augurellus [2], cum praefatione summi honoris ubique nominandus, primum obtinet locum, qui, de te frequenter honestissime loquens, et amare uehementer et magni facere tuam eximiam uirtutem opportuno quouis sermone prae se fert quam efficacissime. Cuius ego fidei propterea multum tribuo, quod praeter exquisitam litterarum bonarumque artium cognitionem uitae quoque mirifica integritate praecellit, ac neminem subdola assentatione traducens, quum innata probitate nulli detrahat, solos bene merentes laudat non minus libero quam acri iudicio; singulari huius praestantiae quadam sua opinione de me optime meriti mirum in modum affectus, libellum meorum Promiscuorum octauum (id est opusculo nomen) inscribendum curaui, operis frontispicium illustri cupiens ornamento decorare, id quod epigramma primum statim declarat; subinde, secundas partes tuae claritudini tribuens [3], nouo ac insperato eam munusculo donare constitui, qua ratione Cornelio Nepoti Catullus opus elegantissimum donauit, eruditissimo scilicet malens cum potentissimo cuipiam donare potuisset. Audaciam istam nostram, Alde clarissime, in partem accipias bonam rogamus; tum si quid de me praeter id quod affectare plane cognosces,

Pontani opera. Vrania siue de stellis libri quinque. Meteorum liber unus. De hortis Hesperidum libri duo. Lepidina siue postorales (sic) *pompae septem. Item Meliscus. Macon. Acon. Hendecasyllaborum libri duo. Tumulorum liber unus. Neniae duodecim. Epigrammata duodecim. Venetiis, in aedibus Aldi Ro. mense augusto M. D. V.* La première partie du volume est dédiée par Alde à Collaurius, la seconde à Soardino Soardo lui-même (Renouard, *Annales*, p. 49).

1 *Ambros. E. 36 inf.*, f. 25.

2 Alde a publié en 1505 les poésies latines d'Augurelli.

3 Nous n'avons pas vu cette dédicace du libraire-poète de Trévise.

tua summa prudentia forte decreueris, ne mea spe qualicunque relinquar omnino fraudatus, a tibi deditissimo Hieronymo amari, coli ac obseruari, saltem patiare quod omni loco et tempore diligentissime sum facturus. Vale. Taruisij. Idibus Martijs an. MDIII.

Jean Collaurius.

30. *Aldo Manutio Romano* [1].

S. D. Adductus eram in spem maximam fruendi coram Aldo et Academia, cum hac subitae disfensiones alterius opere Mineruam obiecerunt et bellicis fragoribus musas omnes abegerunt, quae tum paulisper solum se abdiderunt quousque hij impetus reprimantur, proditurae quamprimum; interim autem fortium uirorum gesta audiunt et conspiciunt simulque congerunt carmen meditantes moxque in chorum congredientes canentes recitabunt laudes heroum. Caeterum, mi Alde, cum non potuerit iam fieri quod sperabam, fiet post et ego qui noui animum regis huic rei deditissimum addam calcar [2]. Monebo etiam Mecenatem nostrum Matheum Longum [3], ut inter ingentes huius aulae curas nostrarum Musarum reminiscatur, in quo nec opera nec industria mea deerit; prout haec omnia latius Fruticenus explicabit [4]. Vale.

Ex Tillinga, xxiiij Maij Anno MDIIII.

Ioannes Collaurius Doctor, Caesaris ab epistolis.

F. V. Bodiano (Fracantianus).

31.

Saluus sis, Alde suauissime [5]. Superioribus diebus Ioanni Mariae canonico regulari et uiro apprime erudito ad te dedi Gregorii Nazianzeni tragediam de Passione Domini nostri Iesu Christi, ut si tuis torcularibus uideretur digna imprimeres. Quare, amicorum optime, si eam accepisti impressurus gaudeo communi omnium utilitate, sin ea nondum sit reddita, erit mihi quam gratissimum intelligere, ne inter peregrinandum iter e uia diuerteret, ut nequaquam domum herilem sciret repetere. Coeterum cupio habere tragedias Sophoclis et Euripidis cum Demosthenis orationibus, si iam absolutae sint. Verum pecuniam non erit mihi commodo mittere, nisi his Natiuitatis D. N. festis, quibus hic

[1] *Vat. 4104*, f. 8. — M. A. Ceruti a publié une lettre d'Alde à Collaurius *(8 id. dec. MDV)*, qui se trouve dans l'*Ambros. E. 36 inf.*, f. 45. (Cf. Geiger, *Beziehungen*, *l. c.*, p. 123). Alde envoie à Collaurius les oeuvres de Pontano, dont une partie lui est dédiée, et lui rappelle ses bonnes promesses envers l'Académie aldine.

[2] Il s'agit d'obtenir de l'empereur Maximilien de protéger officiellement l'Académie.

[3] Mathieu Lang, secrétaire de Maximilien, plus tard cardinal. Alde lui dédie, par une épître du 6 avril 1504, son édition de plusieurs traités d'Aristote traduits par Th. Gaza (Didot, p. 260).

[4] Nous avons une courte lettre de Fruticenus à Alde (lettre 63).

[5] *Ambros. E. 36 inf.*, f. 15.

mos est praeceptores a discipulis benignitatem liberaliorem solito accipere. Si itaque tuo commodo fieri potest, erit mihi admodum gratum si quos nominaui codices Io. Mariae bibliopolae, qui has tibi reddet, tradideris cum ultimo librorum pretio, et studebo pollicitationem nostram ad constitutam diem fidem prouaturam. Vale. Vicentiae. vj Kal. Brumae 1504.

Franciscus Vitalis Bodianus tuus cognomento Fracantianus.

Scipione Fortiguerra (Cartéromachos).

32. *Aldo Manucio Pio Romano. Venetias* [1].

Alde salue. Di poi parti di costa non ho mai hauute uostre, et io pure ui scrissi pel nostro Zodecco [2], stimo l'Academia no habbi piu bisogno di noi, il perche io ho preso altro partito, cioe andarmene insino a Roma, et li starmi per questo uerno, maxime che m'e occorso una faccenda, la quale mi spigne la, doue quando saro, si quid potero conferre Academiae, lo faro uolentieri come io debbo. Don Piero [3] dice hauerui scritto piu uolte, ne mai ancor lui ha potuto hauer una minima risposta; a lui par gran cosa et io non mene marauiglio: noui Aldum. Io da Roma ui scriuero; se non mi responderete non rescriuero, ut parcam periturae chartae. Voi mi prometteste di mandarmi al manco dieci delle mie oratione [4], nec stetisti promissis, non ho potuto usare un poco di liberalita qui a mia amici in ostendendis rebus meis, ne anco uedere il giudicio loro. Io dico di hauere fatto una certa oratione, et non la posso mostrare. Harei caro d'intendere se l'Homero e finito e'l Demosthene [5], et se io ne potessi hauere uno in Roma pagando la uectura, per che sareste cagione ch'io lo studiassi con diligentia, et forsi lo leggessi la et intauulassilo, uti soleo. Il che farebbe anco al proposito uostro ad tempus. Io non attendo ad altro che a intauulare, ut parem mihi panem litterarum [6]. Sapete quello hauiamo pactuito insieme, uoi mi aiutiate co libri et

[1] *Vat. 4104*, f. 64. Une copie des lettres 32-38 et 41 existe dans l'*Ottob. Vat. 1511*, ff. 123 sqq. Elle a servi pour la publication du marquis Campori rappelée dans notre introduction. Deux courts extraits des lettres 37 et 41 se trouvent déjà dans Lancellotti, *Poesie di mons. A. Colocci*, Iesi, 1772. La série avait été vue par Fontanini qui en donna avis à Zeno, en 1735 (*Lettere di Ap. Zeno*, 2e éd., Venise, 1785, t. V, p. 100).

[2] Probablement Niccolò Giudeco, *Iudecus*.

[3] Pietro Candido.

[4] *S. Carteromachi Pistoriensis oratio de laudibus litterarum graecarum Venetiis habita mense ianuario MDIIII*, opuscule imprimé par Alde, au mois de mai 1504, et dédié par l'auteur à Daniel Renier. Une copie de l'imprimé se trouve dans l'*Ottob.* cité, ff. 145-167.

[5] L'Homère in-8° (avec dédicace à Aleandro) et le Démosthène in-folio princeps (avec dédicace à Clary et préface de Cartéromachos) parurent en novembre 1504.

[6] Cette habitude qu'avait Cartéromachos de faire l'index des auteurs, en mettant en marge les mots notables, puis en les reportant sur ses registres alphabétiques, est attestée par l'examen des livres qui lui ont appartenu. Nous avons eu l'occasion de reconstituer une bonne part de la bibliothèque de Cartéromachos, dans *La Bibliothèque de Fulvio Orsini*, chap. V et VII.

io collo studio uoi. Sta promissis et rescribe aliquando come uanno le stampe et greche et latine, et quid cogitas? quid nuptiae tuae [1]? quid imperator [2]? quid caetera? Messer Bernardino nostro [3] e a Siena, ritornato in gratia con Pandolpho, non l'ho uisto ancora, ma credo uederlo faccendo el uiaggio di Roma.

Quando uolete scriuere dirizate le lettere a Don Piero nostro et lassate el pensieri a lui che me le mandara douunche io saro. Raccomandatemi a m. Daniele [4], al Quirino [5], al Bembo [6], al Canale [7], al Giorgi nostro compare et a m. Bernardo [8], a Andrea nostro d'Asola et ceteris academicis. Et tu vale. Florentiae. Die XI Octobris 1504.

Tuus S. Carteromachus.

33. *Aldo Pio Manucio Romano*
bonarum literarum illustratori reparatori conseruatori.
Venetias a sancto Agostino [9].

Alde salue. Da poi sono in Roma ui ho scritto tre uolte, l'ultima fu risposta ad una uostra hebbi qui da uno libraro fratello del Zonta. Scrisseui come ero in casa el cardinale Grimano [10] acciconcio per insegnare a uno nipote, quello a chi insegnaua el nostro Hieronimo Aleandro, et ho assai buona conditione, in modo mi contento, perche sum tandem Romae, et inter libros graecos; et l'Academia costa si potra molto bene prouedere di maestri, poiche e presa la parte come scriuete, ne manchera huomini. Io desiderarei (come per altre mie ui ho scritto) hauere el Demosthene e l'Homero, per poterli et studiare io meo more et anco per potere leggere a qualcheduno, peroche non ce manco desiderio qua litterarum graecarum che si sia costa, et ceteri aut nesciunt docere, aut nolunt, nos iidem sumus qui semper erimusque dum spiritus hos reget artus.

Harei caro mi mandaste Giouan grammatico sopra la posteriora [11] et si quid aliud noui uel graece uel latine est tibi impressum ex quo discessimus. Per altra mia ui scrissi come haueuo uisitato madonna Felice, et lei m'haueua

[1] Cf. lettre 8.
[2] Cf. lettre 30.
[3] Bernardino Belanti, comme nous l'apprend la lettre 36.
[4] Daniel Renier.
[5] Girolamo Quirini.
[6] Pietro Bembo.
[7] Paolo Canale.
[8] V. plus loin, lettre 42, une lettre de Bernardo Giorgi à Cartéromachos.
[9] *Vat. 4105*, f. 343. Copie.
[10] Domenico Grimani, le célèbre bibliophile; il logeait au palais de San Marco, où il reçut la visite d'Erasme (*Erasme en Italie*, Paris, 1888, pp. 87 seqq.). Quant au neveu qui a eu quelques temps Cartéromachos pour précepteur, c'est évidemment celui dont parle Erasme (*Opera omnia*, éd. de Leyde, t. III, 1375C), et il faut, croyons-nous, l'identifier avec Marino Grimani, plus tard cardinal.
[11] Commentaires de Jean Philoponus, parus avec la date de mars 1504.

commesso ui scriuessi. se haueuate stampato niente in latino o in uulgare, fussete contento mandargliene di ciascuna opera una. Non sono poi tornato per che uorrei poterle dire qualche cosa hauessi da uoi.

A Phedro [1] ui raccomandai come ui auisaste; lui e tutto uostro, et dice quando puo fare qualche cosa per uoi lo affatichiate. Scrisseui di Natalino come era... et piu uolte m'haueua detto come lui staua col cancelliere del Duca di Lorena et come staua molto bene, et che non li mancaua delli altri partiti; adesso me dice maestro Alessandro nostro da Bologna che non e uero lui habbia partito alcuno, et che li sta non troppo bene, pero che dice porto seco non so che libri in carta buona, e quali ha uenduti, et con quelli si uiue, et che mancati quelli lui fara male; pero mi ha pregato uene scriua, se ui pare adesso farlo intendere al padre, aut quid aliud tu uideris. Le cinque miei orationi le quali dite mi hauete mandate, non le ho hauute, et desiderole grandemente, peroche me fo pure un poco di honore qui con questi signori et homini da bene; pregoui mene mandiate qualcuna, ma in modo io le habbia, quando bene douessi pagare qualche cose pella portatura. Per altre mie in processo di qualche di u'auisaro de miei studij et quanta commodita mi succeda, etc. De libri uoi mi manderete quelli denari m'auisarete ui rimetta, quelli ui rimettero. Auisate quello fate adesso, et quid cogitas. Commando me Academiae uniuersae, pella quale, et particolarmente, et in uniuersum, s'io posso fare qualche cosa, offeritemi a tutta insieme et singulis. Vale et me ama. Romae. Die II Decembris 1504.

Tuus S. Carteromachus.

34. *Aldo Pio Manucio Romano*
bonarum litterarum illustratori reparatori [conser]uatori.
Venetias. Santo Agostino [2].

Alde optime salue. Ho ricepute le cinque orationi insieme vostre lettere de di XI del passato. Piacemi assai che li amici non habbino uerso di me conceputo indignatione; sapete ogni huomo e tenuto cercare el fatto suo, benche l'animo mio in uerita era di tornarmene a Venetia, quando la cosa fusse [3] . . . ma andando in lungo, ogo diopcraueram; dispiacemi bene hauermi dato faticha a uoi et . . . . di praticare per me. Io, ne a uoi, ne alla citta di Venetia sono per mancare . . . . oportet uelle, me mea fata trahebant in Vrbem, doue ringratio Dio sto bene et [m]olto a mio proposito. De libri mi uolete mandare ue ringratio summamente, ma non uorrei pero farui questo danno, che uoi mi haueste a donare lo intero; sarebbe bene assai quando mi faceste piacere, secondo usate alli altri Academici [4].

[1] Tommaso Inghirami, *Phaedrus*.

[2] *Vat. 4105*, f. 108.

[3] Une déchirure de papier a produit ici trois lacunes.

[4] Cartéromachos a reçu d'Alde des exemplaires nombreux et choisis des livres sortis de sa presse. Cf. *La Bibliothèque de Fulvio Orsini*, pp. 181 et 246

Quanto mi auisate uorreste io ui facessi partecipe delle mie tauole, io non ne posso far niente adesso, prima perche non ho libro nessuno mio qui appresso di me, ne anco la chiaue del forziere, che la ho in Prato, di poi perche stimo questa state hauere a uenire in fin costa co mia padroni, di che n'e stato ragionato. Et ego, Alde, maximo timeo libris meis; non mi diffido di uoi, sed noui facilitatem tuam et liberalitatem; nihil nosti negare. Habbiate ui prego patientia; le fatiche mia ego nimium amo; s'io perdessi quelle, non credo staria mai contento. Tu non potes uti diligentia in rebus tuis, quid in meis facias? Spero me tibi cum adero probaturum causam meam.

Il Demosthene di quel mio compagno faro di hauere li denari, auisate pure a chi uolete si dia qui o se uolete che li dirizi costi.

A madonna Felice lessi quella particella delle uostre lettere, hebbene grande piacere et molto ui ringratia et pregommi la reccomandasse assai a uoi; per tanto ue la reccommando, ridebis et liceat rideas. Lei mi replico tre o quattro uolte tale recommendationi, e in fine mi disse starebbe in continuo desyderio de libri, li scrieste mandarle per fino a tanto li hauesse. Pregoui li libri li facciate adirizzare a me, accio io habbia a essere lo internuntio ancora di quelli come sono stato delle parole, nec pereat mihi gratia, si qua est futura ex ea re.

Piacemi assai l'opere hauete stampate in greco. Che ui bisogna dolere delle fatiche? una uolta tu suscepisti hanc prouinciam restituendi nobis et graeca et latina, perge, non potes desistere. A messer Lascari me reccomanderete ui prego efficacissime; rincrescemi per suo amore non sono costi, ut possem frui homine, ut scribis, mei amantissimo, uel fortasse fruemur aliquando aliquantulum. Natalino, secondo mi disse messer Alexandro, stimo non ha partito alcuno, ben che lui a me dica de hauere. Dissili da parte uostra quello mi scriueuate, lui mostra di uolere andare in Francia o nel Reame con non so che gran maestri, ma credo sieno cianze. A Phedro non ho potuto parlare di poi hebbi uostra, uederollo et faro el bisogno. Caeterum per che non posso esser piu prolixo, finem scribendi faciam, pregandoui mi raccomandiate a tutti li amici. Per altre ui scriuero piu a longo. Vale. Romae. Die xiij Ianuarij 1505.

Tuus Scipio Carteromachus.

El Duca di Vrbino e qua; non lo ho potuto ancora uisitare, per che e malato et sta continuamente nel letto per le gotti.

35. *Aldo Pio Manucio Romano*
bonarum litterarum illustratori propagatori conseruatori
et Academiae fundatori. Venetias [1].

Alde optime salue. Parmi essere stato pure assai tempo non ui ho scritto, in modo per non intermettere la nostra consuetudine, etiam che io non habbia quasi che scriuere, ui ho uoluto exarare la presente. Don Piero nostro

[1] *Vat. 4105*, f. 343 v°. Copie.

Candido e partito da Firenze per uenire costi a trouarui, ue lo raccomando benche so non bisogna; sapete quanto ui e affetionato, et quid de te sentiat et praedicet. El uescouo di Camerino [1] mi disse gia come uoi li haueuate mandato a domandare uno Athenaeo, perche lo uoleuate stampare. Vno mio amico ne ha un buono et bene scritto, tratto d'uno exemplar di messer Demetrio a Milano [2], lui me ha detto se uoi lo uolete ue lo uendera; el libro e quaranta quinterni et buona lettera. El uescouo di Camerino li darebbe dodici ducati d'oro in denari, ma lui ne uorrebbe piu, et dandolo a uoi se ne piglierebbe libri per quello li uendete, ma ui uorrebbe contare il suo uenti ducati; auisate se fa per uoi et quello uolete che li responda. Hebbi auiso questi giorni dal uostro ser Andrea d'Asola [3], circa el caso di quel suo debitore, rescrisseli quanto haueuo fatto colla donna, come io non poteuo strignerli ne fare altro che parole. Credo hara hauuta la lettera perche la dirizai a messer Hieronymo Grimano. Per sua lettera intesi come erauate stato male [4], di che hebbi dispiacere, benche el male era stato leggieri. La stampa greca hauete in tutto intermessa, benche resumpturus, secondo che m'auisa ser Andrea. E libri della Felice Dea credo saranno una idea nell'animo uostro che non verra mai ad indiuidua; tu uidebis. Io non ui sono piu andato a uisitarla per uergogna, per che mi pare dedisse ei uerba. Raccomandatemi a uostri Academici, et tu cura ut ualeas. Romae. Die 19 Aprilis 1505.

Tuus Scipio Carteromachus.

Post scripta ho parlato a quel mio amico el quale ha l'Athenaeo, et e homo dotto graece et latine, et e mio compatriota, el quale quando facesse al proposito uostro costa, facendoli uoi buona conditione me hortante si transferirebbe costa. Lui e quello del quale gia uoi mi commeteste ch'io uedessi se uoleua uenire a stare costa; ista adesso col Castellano parente del Papa et ha di salario ducati quaranta d'oro larghi, e uso a insegnare el greco et latino, si che sarebbe molto a proposito, se uoi uoleste ualeruene in utraque lingua; e costumatissimo et humanissimo. Auisate quello uolete ch'io faccia, perche ne posso disporre come di me medemo.

36. *Aldo Pio Manucio Romano*
graecarum latinarumque litterarum illustratori recuperatori conseruatori.
Venetias. A Santo Agostino [5].

Alde optime salue. Ho una uostra da X del presente, pella quale mi confortate non pigli altro partito. Credo per due altre mie, oltra alla prima ui scrissi, hauete inteso come io sono acconcio con San Pietro ad Vincula,

[1] Fabrizio Varano.
[2] Chalcondyle ou Démétrius Damilas, l'imprimeur.
[3] Beau-père d'Alde depuis quelques semaines.
[4] Cf. lettre 8.
[5] *Vat. 4105*, f. 345. Copie.

nepote del Papa et uicecancellario [1]. Non ho prouisione, ma per altro ho ogni commodita et ocio assai. E piaciuto cosi a qualche mio amico, ch'io resti qua. Io per me ero per partirmi et starmi questo uerno con messer Bernardino Belanti in Siena, et cosi gli haueuo promesso, partendomi dal Grimanno [2]; ma certi mia amici, che possono disporre di me, mi hanno ritenuto in Roma. Non posso piu a ogni modo a Venetia, non uoglio piu uenire per stare; habet ea urbs nescio qui genij mihi aduersi, ita ut non mihi uidear quidquam unquam in ea profecturus.

A me piace molto la resolutione uostra collo Imperatore [3], fate pure d'assettare le cose in buona forma, et quando sarete poi la assettato, qualche cosa sara. Per adesso io non posso partire; questa state stimo uenire a uederui. L'offerire uoi le cose uostre e superuacuo; non so io omnia Aldi esse etiam mea?

Quanto al Vergilio sappiate come io mi sono affaticato assai per trouare qualche opuscolo corretto [4]. El Phedro me disse haueua non so che cose corrette per insino quando era putto, et dissemi ne cercherebbe; di poi m'ha detto non le truoua. Ha ben fatto tanto che ha hauto el commento della Priapea, el quale ui harei mandato. ma dubbitando quello che era, che non giugnerebbe a tempo, non ue lo ho mandato, et appresso el Phedro mi dice che colui lo ha prestato ha uoluto promessione di rihauerlo infra uno mese, si che bisognerebbe uoi lo rimandaste molto presto, et piu mi dice ui scriuessi per sua parte come lui lo ha uisto et che e una lauerna, id est non vale niente, et io cosi credo perche ho uisto lo autore, nihil leuius neque seruilius, parlantissimo. Vltimamente mi dice el Phedro che tra mandarlo et rimandarlo ui costara un ducato et non meno. Tra tutte queste cose adonque non mi e paruto di mandaruelo; se pure lo uorrete auiserete di uostro animo et manderauisi. Cercaro di quelli altri opuscoli, se si trouera niente et daroui auiso.

Della Venatione di Hadriano hauete credo hauto da me uno exemplo secondo douete emendare quelli errori, li quali hauete fatto bene a emendarli, il che referiro al cardinale che ui e molto affetionato [5]. Pregoui ci mandiate qua qualcuno di cotesti Virgilij, maxime uno per madonna Felice, alla quale spesso ho parlato di uoi. El Pherno non e in Vrbe. El Phedro e fatto preposito alla libraria Pontificia [6].

[1] Galeotto Franciotti della Rovere, fils de la soeur de Jules II. Cf. Seb. Ciampi, *Memorie di Scipione Carteromaco*, Pise, 1811, pp. 30 seqq.

[2] On voit ici que ce n'était point pour entrer tout de suite dans la maison de Franciotti que Cartéromachos avait quitté Venise.

[3] Cf. la lettre 30.

[4] Alde s'occupait alors de recueillir les meilleures leçons des *Catalecta* de Virgile, qu'il se proposait d'imprimer. Il ne put réaliser ce projet, mais les démarches qu'il faisait lui-même à ce moment, dans l'Italie du nord, expliquent l'activité des recherches poursuivies à Rome par son ami Cartéromachos, avec l'aide d'Inghirami.

[5] Cf. lettre 22.

[6] L'opinion commune fait entrer Inghirami à la Vaticane seulement en 1510. (V. E. Müntz, dans son précieux petit volume, *La Biblioth. du Vatican au XVIe siècle*, Paris, 1886, p. 11). Mais nous croyons difficile de contester l'autorité d'un témoin présent à Rome comme Cartéromachos.

Per vna altra mia ui scrissi della Venatione di Xenophonte come desiderarei me la faceste hauere quomodocunque, perche la uoglio tradurre et farne un presente al mio padrone, ut in eam maiorem hominis gratiam.

Cura ut ualeas et me Academicis omnibus commenda et praesertim Triphoni nostro [1]. Io ho cominciato a tradurre un poco di Luciano per uoi [2]. Parmi fatica non tanto el tradurre quanto lo scriuere; se hauessi uno che scriuesse, dictanto io farei molto meglio et assai piu, pure uerro facendo a poco a poco. Ho cominciato da Δίκη φωνηέντων e fatto quasi mezzo el Timone; [non ho pigliato [3]] el Nigrino, perche non mi ricordai doue lassamo. Io per ancora non sono assettato a mio modo, e pero non studio molto, in dies mi uo meglio assettando, et plus tribuam amicis. Iterum uale. Raccomandatemi allo Imbasciatore di Francia [4]. Post scripta, io sono stato dal cardinale Hadriano et monstroli quella parte della lettera uostra, il che li fu assai grato. Ragionammo molto di lettere ac multa etiam de te. Aspetto lo exemplare corretto per darglielo, nec alia occurrunt. Vale iterum et scriuete spesso, si potes, et dirizate le lettere al secretario dello Imbasciatore Veneto. Romae. Die 19 Decembris 1505.

Tuus Scipio Carteromachus.

37. *Aldo Pio Manucio Romano*
bonarum litterarum recuperatori instauratori conseruatori.
Venetijs [5].

Alde optime salue. Di poi parti da Bologna in nella Marca, non ho mai hauto commodita di scriuerui, et questo e stato perche continuamente sono stato in motu, et quando qua et quando la, et per certi castelli che non ui arriua se non che si smarrisce. Finalmente alla ottaua di Pasqua ci semo trouati in Roma. Emmi bisognato seguire el Farnese sempre che mai mi ha uoluto lasciare [6]. Hora in Roma io ho lassato lui et sono ritornato col padrone uecchio [7], perche m'ha riuoluto et monstrami un po piu carezze che l'usato; tamen non lasso ch'io non frequenti anco el Farnese, et riconoscalo come secundo patrone. Del uenir mio costa non c'e ordine piu, senone quando el cardinale si partisse di Roma, come suol fare ogni state, et lassassemi in mia liberta per uno o due mesi, allhora potrei uenire, che credo potria accadere. Interim non restate uoi di non seguire el proposito uestro. Io die quelli Opusculi di Vergilio al vescouo di Camerino, el quale per uiaggio che facemmo da Bo-

[1] Trifone Gabrielli.
[2] Cartéromachos se rencontrait dans ce travail, en ce moment même, avec son ami Erasme, qu'il ne connaissait pas encore.
[3] Ces mots sont seulement dans la copie de l'*Ottob. Vat. 1511*, f. 131.
[4] Jean Lascaris.
[5] *Vat. 4105*, f. 346. Copie.
[6] Le cardinal Farnèse, plus tard Paul III.
[7] Le cardinal Franciotti della Rovere.

logna si parti da noi, et andossene a Fabriano a casa sua, doue lui diceua hauere le sue correttioni. Di poi ritornando dal cardinale io lo domandai se haueua portati quelli opuscoli corretti, mi disse li haueua mandati ad Vrbino, doue intendeua essere alcuni buoni exemplari, donde mai in mentre stemmo la pote rihauere detti opuscoli; in modo mi parue mi desse parole et per questo io non gli uolsi dare piu molestia.

Da Bologna ui scrissi insieme con don Piero [1] di quanto haueuo parlato con molti cardinali circa el fatto dell'Academia. Hora, secondo intendo, uoi non ui ueniste mai. Non hauete uoluto tentare, uostro danno; forse che hauete l'animo altro, cioe a Salerno. Dij tibi omnia secundent; pure non era male experiri et Romae. Sed tu melius uides omnia quam nos [2].

Don Piero nostro ancor lui e fatto cortigiano et uiuit Romae, et ha portato seco el Nonno et scriue continuamente et di gia a scritto uenti libri. Parmi harebbe bisogno di qualche ducato, secondo intenderete da lui. Parlai con Vangelista libraro che fa le faccende delli heredi di m° Piero, che e debitore del socero uostro; dissemi uoleua fare obligare la donna al resto del debito, accio se caso niun uenisse lui non resti solo legato, et appresso si fara anco piu per messer Andrea, che cosi si ricaueranno piu presto quello resta a dare; hora se bisogna io facci piu una cosa che una altra, date auiso et dirizzate le lettere o uolete a questo Vangelista, o uolete al Giunta, che tutti dua sono mia amici.

Io per ancora non ho parlato al cardinale Hadriano ne a Phedro, ne a nessuno altro amico, pero per questa non ui posso auisare niente. Tu quid agas aut quid meditere aueo scire de Virgilio, de Prisciano, et de litteris graecis. Qua so un mio amico che ha de ponderibus antiquis [3]. Quando uoi ne hauesse bisogno ue lo manderebbe, ma uorrebbe uoi facesse mentione di di lui; e huomo studioso et ricco et elegante et hospitale, et e quello del quale ui ragionamo Cornelio [4] et io quando erauamo costi. Non accade altro. Raccomandatemi a messer Andrea, allo Aleandro, et ceteris omnibus domesticis, et Ambrosio [5] et Neacademicis, et a messer Daniele Renerio et Paulo Canale et ceteris. Romae. Die 14 Aprilis 1507.

Tuus Scipio Carteromachus.

[1] Candido. Sur le séjour de Cartéromachos à Bologne en 1507, voir *Erasme en Italie*, p. 22.

[2] Ces tentatives de Cartéromachos pour organiser l'Académie aldine sous un patronage de cardinaux sont assez intéressantes à noter.

[3] Ce doit être Angelo Colocci, qui avait des documents de ce genre dans sa bibliothèque. V. *La Biblioth. de F. Orsini*, p. 252.

[4] Cornelio Benigno, de Viterbe, qui a collaboré, en même temps que Cartéromachos, à l'édition de la *Géographie* de Ptolémée donnée à Rome en 1507.

[5] Ambrogio Leoni, de Nola.

38. *Aldo Pio Manucio Romano Graecarum latinarumque instauratori. Venetias* [1].

Messer Aldo salue. In questo punto essendo io a bottega di Vangelista, li fu portato un mazo di lettere fra le quali era una vostra cedula a me et una lettera di messer Andrea colla procura. Rispondero breuiter a quanto auisate. Del libro ad Atticum non so chi lo habbia, bene e uero el Beroaldino [2] mi ha detto hauere corretti molti lochi, ma non donde. Intendero et darouui auiso et cosi da Phedro et per altre uie. Li Symposiaci per tutta questa settimana saranno descritti et riueduti precise come stanno nell'exemplare, e uero sono molto fragmentati et incorretti. Io non ho uoluto mutare niente, etiam doue mi pareua scorrettione manifesta; ho lassato stare come staua. Αἰτίαι φυσικαὶ sono anco qua. ma non so quante ne come corrette; uedero et dabo operam ut describantur. Li Symposiaci ho detto a Vangelista dia ordine per chi mandarli, per che fra otto di saranno absoluti. El Nonno s'e hauto da Don Piero [3], ma non e riueduto senone in questo modo che ho uisto la somma de libri et sono tutti, et anco pel modo lui ha tenuto di far tante righe quante erano nello exemplare; non si e potuto lassare uersi; se qualche scorrettioni ui e, puo essere in qualche dittione et questo si sarebbe ueduto quando lui hauesse uoluto attendere, ma e fugge la fatica et conijcit culpam in me, dicendo che questa state lo uolse riuedere con meco, et ch'io non uolsi. Holli detto in che modo si poteua riuedere questa state, che non era scritto quasi alla meta? Io mi offero adesso di uolere corregerlo; non ha uoluto, monstrando di hauere assai facende et douere partire ogni di per andare a Fano, ch'e acconcio per insegnare a un nipote del cardinale d'Vrbino. Io se non fusse stato che lui haueua in mano cinque ducati del uostro, non li harei fatto dare el resto in sino a tanto che non lo hauesse riueduto, pure dubitando lui non si hauesse el libro, et danari saltem la meta, feci di hauere el libro. Sed heus, Alde, quando hauete a fare piu niente con lui, cautius agas, peroche e huomo assai auaro, tenace, cupido et nihil pensi habet etiam in amicitia, pur che faccia el fatto suo. Ha uoluto una cautione da Vangelista del Plutarco; li hauete promesso di dare oltre a dieci ducati del Nonno; sed tu si sapies non lo darete ch'el Nonno sia reuisto. Haec uolui scripsisse per che uoi intendiate lui fare con tutti a un medesimo modo, etiam mecum, al quale mi ha leuato su non so che libri et non so come potermeli ritrarre [4]. Non accade altro. Direte a messer Andrea ch'io daro ordine alla cosa sua

[1] *Vat. 4105*, f. 341. Copie.

[2] Sans doute Beroaldo iunior, qui était à Rome à cette date.

[3] V., sur cette copie de Nonnus, la lettre précédente. Alde projetait alors de publier les quarante-huit chants des *Dionysiaques;* il en parle dans sa dédicace des *Rhetores graeci* adressée à Lascaris, en novembre 1508 (Legrand, *l. c.*, t. I, p. 84).

[4] Il est curieux de comparer ce langage avec les rapports intimes qu'attestent les lettres 32 et suivantes entre Cartéromachos et Pietro Candido.

con Vangelista e di tutto lo auisero; per adesso non li scriuo per breuita di tempo. Cura ut ualeas. Romae. Die 27 Martii 1508 [1].

Scipio Carteromachus.

39. *Nobili et mag. uiro domino Angelo Colotio maiori obseruando. Roma* [2].

M. Angelo mag^co^, A di passati ui scrissi per Erasmo autore di prouerbii [3], quanto per allora non douea. Credo hauerne hauuto la lettera vestra, insieme con altre amiche lequale per vostra humanita io uiso hauere dite benissimo. Io delle noue di qua non so che mi instruisse, e stimo che haurate piu notitia in Roma de singulis che noi qua. Pero non m'affatichero scriuerui altre noue, poiche questi giorni qui son fate leuate di [4] mille fanti italiani e dipoi altrettanti spagnuoli a quali sono uenuti di costa asportarsi i Svizzeri. Io pero sto uolontieri qua perche mi pare fare piacere al padrone mio et hauer la gratia sua. Hannomi esperimentato si non credo adesso mi giudichi ignari di latino; hannomi donato una rocha di rosato quello che non ho mai portato; a me fanno assai carezze et, si non aliud, liceret bene sperare di poter andarmene quamprimum. Io ho confirmato amicitia qua con tutti i letterati et tunc nonnulli qui uelint uti opera mea in graecis dal leggere. Io fuggo l'impresa. Rispondere a qualche quesito lo fo uoluntieri, tuttauia euitando di far alla tornata. Il Bombasio e tutto mio e spesse uolte ragionamo di uoi [5]. Fra Gian Francesco e occupato in molte cose in modo che non lo posso godere, ma spero presto sara expedito. Qua s'e stampato di nuouo li hymni di Callimacho traducti per Iacobum Crucium, con qualche annotazione che non ui dispiacera. Se trouero qualcuno per chi commodamente ui si possino mandare, ue ne mandero uno esemplo. Non mi occorre altro, maxime ch'io sono per scriuerui spesso. A uoi mi raccommando. Raccomandatemi a tutti li amici miei nominatim. Vi prego visitiate M° Aegidio [6] e mi raccomandiate

[1] Dans l'intervalle de cette lettre et de la suivante, si nous en croyons les récits d'Erasme, Cartéromachos aurait séjourné quelques temps à Padoue, après la mort du cardinal Franciotti arrivée le 11 septembre 1508. Erasme l'a retrouvé à Rome; mais l'humaniste ayant été attaché à la maison du cardinal Alidosi, légat à Bologne, ne tarda pas à se rendre dans cette ville, où nous supposons qu'il arriva le 7 mars 1509. Voir la discussion de ce point de biographie dans notre *Erasme en Italie*, p. 64.

[2] *Vat. 4104*, f. 66.

[3] Erasme venait de publier chez Alde, où il avait passé presque toute l'année précédente, la seconde édition fort augmentée de ses *Adages*. Sur le succès de ce livre en Italie et le séjour d'Erasme à Rome, au moment où Cartéromachos écrit cette lettre à Colocci, voir les détails réunis dans *Erasme en Italie*, chap. II et III.

[4] Ici un trou dans le papier.

[5] Bombasio n'avait pas encore quitté sa chaire de grec à l'Université de Bologne. V. plus loin des lettres de lui à Alde et à Cartéromachos, et l'indication précise de sa correspondance avec ce dernier, que nous avons trouvée au Vatican.

[6] Egidio Canisio, *Aegidius Viterbiensis*, cardinal en 1517. Cf. lettre 46.

assai a sua signoria e mi scusiate di non li hauer parlato innanzi che partisse da Roma. Vale, iterum me tibi commendo.

Bononie. 28 martii 1509. Tuus.

40. *Nobili et mag. uiro domino Angelo Colotio maiori obseruando Roma* [1].

Magister uir, commendatione praetermissa. Nostro Giouan Maria Catanio e stato qua parecchi giorni, e mentre ci e stato ogni di quasi ci siamo trouati insieme, e la sua consuetudine e stata tanto grata e iucunda che mi ha fatto la stanza di Bologna per l'assenza di Roma manco molesta. Adesso lui ritorna a Roma et nos relinquit Bononiae, ut maius iniiciat nobis Vrbis desiderium, quod in dies magis magisque augetur; che, se non fusse per la consuetudine di nostro Paulo Bombasio, quocum dies noctesque consumimus, certamente io non crederia poterci stare, con tutto che 'l cardinale [2] mi uede uolentieri et mi fa careze assai et digia mi ha fatto hauere una pensione di uenti ducati annui, con promissione di maggior costi, et hammi domandato se uoglio legger qua, et io li ho risposto ch'io uorrei stare e leggere a Roma.

Leggo qui priuatamente a certi scholari forestieri, a requisitione di messer Paulo Bombasio, la Odyssea di Homero, e fo bon percosso adeo che ua in ogni sei lezioni uno libro. Sono stato richiesto da certi altri di leggere Plutarcho e lo haueua promesso, poi non mi bastando il tempo, non lo ho potuto obseruare. Per mio studio ho [pigliato [3]] quelli istorici greci e col mese incominciato a uederne qualche cosa. Altro non ci fo. Qua si stampa il libro di L[ucre]tio di Gianbattista Pio [4]. Non so che cosa sia ancora.

A di passati fu qua Aldo e facemo un poco di discorso d'Academia [5]. Fra Gian Francesco intendo ha mandato per suos libri qua, in modo mi pare lo hauranno firmo in Roma, di che mi rallegro. Raccomandatemi a lui ed al Cornelio nostro [6], a Guenino, al Casale [7], al Sadoleto [8], demum al nostro Puccio [9], al Iudeco [10], a Piermatheo [11], ceteris. El Bombasio apud quem haec scribebam si raccomanda a uoi. Vale et me ama. Bononie. Die 3 iunij 1510.

[1] *Vat. 4104*, f. 68.

[2] Le légat Alidosi.

[3] L'original porte un autre mot.

[4] La date de l'édition de Lucrèce de Pio (Bologne, 1511) permet de suppléer facilement les lettres disparues.

[5] On ne connaissait pas ce voyage d'Alde à Bologne, en 1510.

[6] Benigno.

[7] Giambattista Casali.

[8] Jacopo Sadoleto, plus tard cardinal.

[9] Plus tard cardinal. Mentionné dans les lettres 41 et 43.

[10] Niccolò Giudeco.

[11] Sans doute Piermatteo Ercolani, *Herculanus*. Sur tous ces personnages, on pourrait voir l'index de *La Bibliothèque de Fulvio Orsini*.

41. *Aldo Pio Manucio Romano*
bonarum litterarum propagatori illustratori conseruatori. Ferrariae [1].

Alde optime salue. Per una uostra intendo quanto a uostro desiderio d'intendere quello si ha fatto circa la causa uostra. Sappiate adunque come pochi giorni fa messer Gio. Philippo hebbe una lettera da Roma dal Puccio, secretario del cardinale di Ragona, a chi mi dirizorono le prime lettere, et circa alla causa uostra scriueua in questa forma. Si doleua essere ripreso di negligenza in causa Aldo, la quale era restata di non expedirsi perche messer Sigismondo secretario del Papa [2] era stato malato insino all' hora; pure adesso era quasi guarito et con cio sia che 'l Colotio ci sia sollecitissimo, pure ancora non resto sollecitarlo. Haec Puccius, ex quibus ego haec colligo, che 'l Colotio ha hauto le lettere uostre et che sollecita quoad fieri potest. Io ho grandissima fede in nel Colotio, si pella beniuolentia uerso di me, si pella obseruantia tui nominis, et non dubito che lui non debba fare ogni cosa in re uostra et causa. Hora se pare a uoi che la cosa proceda in lungo, credo sia colpa temporum che hanno tenuto malato el secretario et excitato noui moti, che possono facilmente distrahere et Pontificis animum et secretarij. Pure io spero haueremmo l'intento nostro [3].

Del s^or^ Alberto [4] io non ne ho inteso niente, et ho ben uisto qua uno de suo seruitore, stimo si chiami messer Andrea, un certo uecchietto, ma non l'ho parlato; intendero et darouuene auiso. Messer Gio. Philippo et messer Paolo [5] si raccommandano a uoi et ego quoque. Raccommandatemi a monsignore nostro di Massa [6], a messer Gasparo [7] et al Leoniceno [8]. Vale. Bononiae. Die 17 Iulij 1510.

Tuus Scipio Carteromachus.

Appendice aux lettres de Cartéromachos.

Les lettres reçues par Cartéromachos n'offrent pas moins d'intérêt pour l'histoire littéraire que celles qu'il a écrites. Nous avons dressé, dans *La Bibliothèque de Fulvio Orsini*, pp. 134-135, la liste des pièces isolées que nous avons retrouvées au Vatican, et les renvois aux manuscrits permet-

[1] *Ambros. E. 30 inf.*, f. 28. Copies au *Vat. 4105*, f. 342 et à l'*Ottob. Vat. 1511*, f. 136.

[2] S. Conti, le donateur de la Madonna di Foligno.

[3] Sur cette affaire d'Alde, qui ne nous est pas connue, voir encore la lettre 43, de Colocci à Cartéromachos.

[4] Le prince de Carpi. Cf. lettre 13.

[5] Bombasio.

[6] Girolamo Borgia.

[7] Gasparo de Beccari, qui fut l'un des meilleurs amis d'Alde, puisque celui-ci l'institue par testament l'un de ses mandataires à Ferrare.

[8] Sur les relations de Cartéromachos avec le célèbre médecin ferrarais, v. Ciampi, *l. c.*, pp. 38 seqq.

tront aux érudits, le cas échéant d'en prendre facilement connaissance [1]. On trouvera ici même une lettre d'Aleandro à Cartéromachos et des extraits des nombreuses lettres de Bombasio. Voici enfin quelques autres documents, dont les premiers font mention d'Alde Manuce.

42. *Doctissimo ac utriusque linguae eruditissimo Domino Scipioni Carteromacho Pistoriensi praeceptori honorando. Romae* [2].

Tuae humanitatis est, ut quo magis amari et obseruari a tuis discipulis dignus es, eo minus tuis officijs attribuere, quae profecto tanto gratiora sunt, quanto nobis ea minora praedicas. Quod tam beneuole tamquam constanter memoriam nostri retineas, gratum est; quod uero R.^{mo} car. [3] charus et acceptus sis, admodum gratulor nec ulla admiratione capior. Nonne humanitas, eloquentia, doctrina, probitas tua a tanto principe diligi meretur? Sub cuius fauore et patrocinio et litterae et litterati fouentur et conquiescunt, cui quum me plurimum commendaueris, simul et laudaueris immortales gratias ago; nec minus tali tantoque principi obnoxius sum, qui me inter amicos, ut tu scribis, inter seruos, ut ego accipio, reposuerit. Scribis praeterea te forte hac estate nos reuisurum, quam rem si feceris quibus quantisque osculis et amplexibus, quam magno gaudio et letitia te uniuersa Academia, graeca et latina, excipiet. Tanta est parentis mei qua te prosequitur beneuolentia, ut quem tibi in amore praeponat habeat neminem, et si quid causa poterit, ne calamo parce obsecro. Ipsum enim promptum re ipsa magis quam uerbo seruandis, augendisque honoribus commodisque tuis semper inuenies. Aldus noster meliuscule habet. Neacademia grauiter egrotat. Medicum habemus cuius pharmaca nobis bilem et nauseam prouocarunt. Marino Grimano [4] adulescenti nobili et egregio, singulari ingenio, doctrinaque praedito, iterum immo saepius me commendato. Vale. Demetrium [5] etiam salutato meis uerbis. Venetijs. V. Kall. Maias [1505].

Bernardus Georgius.

[1] I faut joindre à cette liste deux lettres grecques sans date, écrites de Florence par Μιχαὴλ ὁ Τριβώλης, le grec dont parle Didot, *l. c.*, p. 543; l'une de ces lettres est adressée à Cartéromachos à Venise, dans la maison d'Alde (*Vat. 4103*, ff. 23a et 23b). Au f. 65 du même ms. est une lettre de Cartéromachos à l'archevêque de Florence (1508-1513), Cosimo Pazzi, *Pactius (Romae, id. martiis)*; au f. 43 du *Vat. 4104*, une autre à un médecin de Pistoia (Rome, 20 mai 1508); au f. 53, deux sonnets. Des correspondances de famille, qui pourraient être d'un sérieux intérêt biographique, sont dans les mêmes mss. (*Vat. 4103*, f. 64, *4105*, ff. 299 seqq.) Sur la transmission de tous ces papiers à Fulvio Orsini, cf. *La Biblioth. de F. Orsini*, pp. 80 seqq.

[2] *Vat. 4103*, f. 64. Cette lettre s'accorde avec la lettre 34 adressée à Alde par Cartéromachos et avec l'époque de la maladie d'Alde; c'est ce qui permet de la dater.

[3] Le cardinal Grimani, vénitien.

[4] L'élève de Cartéromachos.

[5] Voici encore un Démétrius à identifier.

43. *D. Scipioni Carteromacho*
uiro undecunque doctissimo uti fratri honorando.
Venetijs aut Bononiae in domo R.^mi Car.^lis Papiensis [1].

Miser Scipion honorande salutem. Da Iacomo Fiorentino ho receputa una uostra data in Venetia nelle quale me scriuete mandarmi li Epigrammi greci [2]. Io li hauero gratissimo si per esser cosa desiderata come anchora per chi li manda. Ben haueria hauto caro me ce haueste mandato lo intenderli [3], pur spero che uuj me lo portarete in persona, maxime ritornando la corte come torna.

Salutai tucti quelli amici uostro nomine et molti altri che uuj non l'haueuate scripti.

Al Bombasio tante salute quante siano possibile.

Per darui lume et conto di me, che forsi non resposi cosi ad tempo ad certe uostre lettere questa state circa el facto de Aldo, dico che questa state io fui al paese et la mi furon mandate le uostre lettere; ma prima che io partisse feci ogni opera et diligentia per Aldo, el Puccio me sia testimonio quanta solicitudine usai et parlammo insieme al secretario et fu composta et resoluta . . . . [4] benissimo. Non so quello succedesse.

Hieri certi frati di San Piero ad Vincula mi porto uno uostro Euripide greco quale gia gli lasso fra Iolian Francesco, sicche fate bene ad racoglere li libri uostri in uno, che stanno piu dispersi che le cenere delli Pompeij [5]; et qualche uolta ci godiamo insieme. Auisandoui che tornando da esi questi mesi passati, io mi renduto al greco, dal quale mere gia disperato, ut scitis, et in summa con grandissima celerita ho passati li circumflexi et li εἰς μι, che gia dubitaua de legerli come si hauesse hauto ad superar l'Alpe. Roma e senza facende tucta ociosa, per questo sp[ero] passar le minutie grammaticali. In lo resto aspecto uuj.

Cornelio [6] ha hauta una grande quartana et hollo ancho trouato in lecto da che tornai; pur hora ua per tucto. Per quanto posso intendere, questa febre li e giouata, che quello passo di Capricorno che e in Suetonio d'Augusto, che Tantarini ci ha dicto non l'intendere; tandem lo ha inteso et calculato, in modo che io li ho dicto che seria bono immo necessario che per ogni loco

[1] *Vat. 4104*, ff. 41-42. Le cardinal de Pavie est Alidosi.

[2] Serait-ce l'aldine de l'*Anthologie*, parue en 1503?

[3] Colocci ne savait pas le grec. V. ce qu'il dit de ses études, un peu plus loin, et ses billets à Jean Lascaris, publiés à la suite de notre *Inventaire des mss. grecs de J. Lascaris*, Rome, 1886 (*Mélanges* p. p. l'Ecole française de Rome).

[4] Ici un mot, détruit par un pli de la lettre, nous aurait peut-être appris la nature de l'affaire pour laquelle Colocci et Pucci rendaient service à Alde auprès de Jules II.

[5] Fulvio Orsini a recueilli de divers côtés une bonne part des livres de Cartéromachos, dont Colocci mentionne si plaisamment la dispersion.

[6] Benigno.

della lingua latina lui ne hauesse una quartana. Pur triompha accarezzato da miser Augustino [1] et tocca di bon ducati.

Se ritornate ad Bologna haueria caro mi mandasse un' altra traductione di Callimaco [2], che quella mi mandaste la donai allo Amiternino; item li Comentarij di Lucretio del Pio et di Flacco se son facti, et in Venetia che pescaste in questo pantano si se trouasse certo comento che gia uuj mi dicesti esser facto sopra la Priapeia, o bono o tristo non curo; item haueria caro intendere se ristampa o non. Et auisoui che di tucto sarete satisfacto.

A presso Iacomo Mazzocchio gia Mercurio uol condurre la stampa graeca in Roma et gia promecte stampare lo Eustathio sopra Homero et uorria condurre compositori. Miser Iohanni Antonio Marostico dice che lui po disponere di quello Zacharia che fece lo Ethymologicon [3]. Informateue chi e quello, che quando la corte si rassecte uoglio che uuj et io derizzamo in Roma la Neacademia presertim del greco, ma nisuna cosa si po far senza uuj.

Qui se dice che Venetiani non possono hauer pace de Barbari et che 'l Papa non li uole abandonare, et che se parte et torna in Roma; se la corte si rassecta, io so acauallo, se sta cosi, io so ruinato, sicche agitur de summa rerum Colociarum non de Italia.

Auisoui che Donato sopra Virgilio e venuto di Ongaria, et lo ha uno mio amico, et spera mandarlo fora presto, et e integro assai, sicche in poco tempo haueremo gran luce di lettere. Et confortoui tornare ad Roma presto se le cose si rassectano. Vale. Rome. 15 maij 1511.

Scripta sul ginocchio.

Vti frater A. Colotio.

44. *D. Scipioni Carteromacho Pistoriensi*
latinarum et graecarum etc. ut fratri...
In casa di Andrea d'Asola [4].

Miser Scipion honorando salutem. Per esser occurso el caso di Bologna et molti curiali ritenuti da Francesi o seganti, io dubitaua di uuj, et maxime che Giorgio Rosa hauia dicto ad Zudecho [5] che ad quelhora erate in Bologna, ne so stato anxio. Miser Vincentio [6] che hieri torno affirma uuj esser in Venetia et cosi le uostre ad me scripte per Andrea d'Asola. Queste scriuo

[1] La banquier Chigi, ami de Raphaël.

[2] V. lettre 39.

[3] Ce Zacharie, qui avait édité l'*Etymologicum magnum* à Venise, en 1499, n'est autre que le crétois Zacharie Callergi, qui vint effectivement s'établir à Rome sous Léon X et y imprima plusieurs livres grecs.

[4] *Vat. 4104*, f. 45.

[5] Niccolò Giudeco.

[6] C'est sans doute Vincent Baldus: cet imprimeur se trouvait à Rome vers cette époque, puisque, le 14 février 1512, il écrit de Rome à Cartéromachos, et lui parle de la défaite des Français, apprise à Rome, dit-il, avec tant de plaisir que des feux de joie ont été allumés partout dans la ville (*Vat. 4105*, ff. 210, 314, 317).

per chiarirme se uoi sete in Venetia o non, chel mal uostro reputaria mio proprio, et cosi del Bombasio, non sapendo io de che factione se sia [1]. Li Epigrammi uostri non uennero mai, etiam che sieno uenuti libri ad Iacomo libraro; credo non ue gabbariano. Quando sequiti la pace col Papa et Re di Francia, tornateuene ad Roma; quando non, ui conforto ad starui li [2]. Qui se dice Rhegirio esser facto legato in Bologna et esser receuuto gratamente; non so sel sara uero. Vale. Rome, 28 maij 1511.

Tuus A. Colotius.

45. *Domino Scipione Carteromacho* [3].

Messer Scipione, Come V. S. sia giunta a Bologna a saluamento, la prego li piaqua cerchare se per uentura se attroua li qualche cosa de Pietropaulo Vergerio Iustinopolitano, gentile et citadin mio, el quale consta hauer scripto molte cose dele quali solamente quella operetta *De ingenuis moribus* e in luce. Lui stette li qualche tempo et credo chel studio, come appar per sue epistole scripte in quella cita. Poterete intender da li homeni eruditi cum qualunque harete praticha, et far uedere nelle librarie si in conuenti de religiosi come di altri homeni priuati, etiam dimandare a qualche Ungaro erudito se hauesse notitia di qualche tal cosa, perche molti Ungari studiano li in Bologna, et esso Pietropaulo Vergerio morse in Ungaria, essendo contubernale de Sigismundo Re. Denique ui piaqua usar in questa cosa quella diligentia, la qual uorressiuo ch'io usasse nelle cose uostre et poi darmene qualche auiso. Queste sonno le cose che mai sonno uenute in luce; ne so doue se siano: *De Republica.* — *Dialogi de immortalitate animorum.* — *De monarchia siue de optimo principatu.* — *De gestis Sigismundi Regis Pannoniae.* — *De gestis principum Carrariensium.* — *Comparationes amiciciarum graecarum et barbararum.* — *Inuectiua contra Carolum Malatestam.* — *Orationes funebres.* — *Orationes in laudem diui Hieronymi.* — *Orationes pro tollendo scismate et in alio genere.* — Magnus numerus optimarum epistolarum. — *Vita Franc^i Petrarcae.* — Lyrica. — Heroica. — Comoediae. — Quaedam etiam lingua hetrusca. — *Item de situ urbis Venetiarum.* — *De situ Iustinopolis.* — *De rebus memorabilibus sui temporis et de ecclesiae diuisione.* — Arrianum et Herodianum transtulit. — Fertur etiam transtulisse quaedam ex Boccacio et facetias quasdam scripsisse et alia multa.

Io. Andreas Fauonius Vergerius.

[1] Bombasio était du parti des Bentivogli.

[2] Cartéromachos resta à Venise et Colocci fut rassuré sur la sort de son ami, puisqu'il lui adressa encore une lettre, à la date du 20 juillet, « in ca de Andrea d'Asola. » (Même ms., f. 49). Trois autres lettres sont envoyées à Pistoia. (Même ms., ff. 46, 47 et 48).

[3] *Vat. 4104*, f. 52. Ce billet du poète latin Vergerio paraît être écrit de Rome, en 1509.

46. *Domino Scipioni Carteromacho*
litteris et eruditione singulari praeditissimo ac D. optatissimo.
Pistorij [1].

IC XC

Salue. Vrbs Roma amicique omnes te cupiunt expectantque; ego uero, qui te Rome libenter esse uelim, cellam habeo tibi paratam; tu cogita si tua interesset esse mecum meaque paruitas huic rei non obesset, quod si ita sit putarem ego non Scipionem sed Platonem excipere. Iterum uelim prius caueas ne tenuis te fortuna perterreat, quam si non reformidas, me cellamque meam habes et meis omnibus vti familiariter potes. Expecto Florentiae dum audiam quid hac in re decernas. Vale. Florentiae. 18 Decemb. 1511.

Tuus frater Aegidius Viterbiensis.
Generalis ordinis eremitarum sancti Augustini indignissimus.

Pietro Summonte.

47. *Al mag^co^ Messer Aldo Manutio Romano. In Venetia* [2].

P. Summontius Aldo Manutio S.

Alde, librariorum decus omnium, quoscunque ulla tulit aetas, salue. Quia differri nimium tua in Pontani libros impressio uidebatur, coacti sumus illos Neapoli, quibuscunque licuerit typis, excudere. Coepimusque ab Elego et Lyrico, quod quidem utrunque uno absoluemus uolumine. Vraniam tibi, Hesperidum hortos Eclogasque ex Pontani quasi testamento reliquimus, quod multo ante ab ipsomet ea tibi fuerat prouincia demandata [3]. Cui si ipse rei operam daturus es, mitto ad te nunc reliquas eius Eclogas duas simul cum alijs quae apud te sunt imprimendas; quas ideo ad te fortasse non missas suspicamur, quod in archetypo eius, ubi omnes simul leguntur Eclogae, duas has non inuenimus, quae separatae ac dispersae inter eius scripta repertae sunt, nondum receptae in sedem suam. Quod si forte has ipsas antea a Pontano acceperas et ego nunc frustra miserim, non me aut transcriptionis aut chartarum iacturae poenitebit. Si uero impressio haec, quam tam diu expectamus, tibi minus est cordi, pergratum uniuersae Academiae nostrae feceris, tui quidem amantissimae ac inuenta tua quotidie magis magisque admiranti, si nos hac

[1] *Vat. 4105*, f. 286.

[2] *Vat. Reg. 2023*, f. 351. Nous croyons devoir reproduire cette lettre, quoiqu'elle ait été publiée déjà par F. Colangelo, *Vita di Pontano*, Naples, 1826, p. 218. Morelli en possédait deux copies dans ses papiers, avec cette mention: *Avute dal sig. Tafuri di Napoli, mandatemi da F^co^ Daniele. 1805 aprile.* Un second exemplaire original, offrant peu de différences, se trouve dans le même ms. du Vatican. Aux ff. 352-355 est une autre lettre de Summonte du 28 juillet 1515, publiée par Lancellotti, *l. c.;* elle est adressée à Colocci, à qui Summonte dédie également le *De magnanimitate* et le *De immanitate* de Pontano, dans l'aldine de 1518. Dans les lettres originales de Summonte conservées à la Bibliothèque Nationale de Naples, *XIII. 13. 50*, nous n'avons rien trouvé sur Alde.

[3] Sur l'édition des poésies de Pontano, voir la lettre 28.

de re feceris certiores, ut per nos tandem ista in lucem prodeant, quorum apud te tam diu archetypi resident. Nam si tu ea, quae saepe pollicitus, impressurus es, alia nobis ineunda est ratio operis nostri; statimque post hanc, quae in manibus est, impressionem, ad edenda solutae orationis uolumina accedemus. Quam ob rem, ut quod agamus certum sit, consilium nobis hac in re uelim aperias tuum, ne Pontani nostri memoria diutius sit in obscuro, neue plurimorum expectationem ne dicam efflagitationem defraudemus. Vale. Neapoli. 2° Augusti 1505.

48. *Al mag^co Messer Aldo Manutio Romano: etc. In Venetia* [1].

Magnifico Messer Aldo, Hauendo io transcripte queste Ecloghe, che adesso ui mando et scripta una epistolecta per laqual ui auisaua di alcune occorrentie, secondo per essa intenderete [2], prima chio habbia hauuto il modo di mandarle, hauemo hauuta questa gratissima nouella, che con lo uostro felice auspicio siano impresse la Vrania, li Horti et le Ecloghe del Pontano, secondo per uostra lettera et per la forma medesma da uoi al S. Messer Iacobo Sannazaro mandata hauemo inteso. Delche si è preso tanto piacere per tutta questa citta, come si ueramente fosse resuscitato il Pontano nostro. Cuius quidem felicitatem in hoc licet etiam admirari, che le opere sue si siano ritrouate ad tempo di hauere ad sortire un Aldo Romano per suo librario, doctrinam simul et diligentiam cuius in hoc genere nemo est qui non et norit pariter, et omni merito laude persequatur. Per il che noi dal canto di qua per sua parte ui ne rendemo le condigne gratie, perche pare possiamo gia adesso bene sperare, per essere cominciate sopto tale auctore ad publicarsi le opere sue, che poranno le restanti similmente ala giornata uenire tucte in luce, secondo noi altri con omne studio ricercamo. Il quale effecto per mano uostra si farà con maior reputatione che per qualsiuole altro, che certo anchor che il nome del Pontano sia per se pur grande, pare che adgiongendoseli la auctorita uostra, le cose sue uadano omnimamente piu superbe et altere. Gratie dunque innumerabili ui rendono tutti questi S. gentilhomini et litterati nostri meritamente et denique tutta insieme questa inclyta citta, come quella che dal suo Pontano tanto illustrata iustamente li deue.

Vegno adesso ala epistola che cosi uecchia ui mando. Sapete, Messer Aldo, come poi la morte del Pontano sete stato tanto et pregato et sollicitato di quello che adesso hauete facto [3], et lo anno passato essendo ritornato lo

[1] *Vat. 4105*, f. 118.

[2] C'est la lettre 47.

[3] Alde explique lui-même, dans une dédicace à Soardo Soardino (vol. I des oeuvres de Pontano, éd. citée, fol. 185), les causes de son long retard: *Adde quod primo exemplari [Hendecasyllaborum] intercepto, alterum sua ipsius manu perscriptum te absente ad me misit, orans obsecransque etiam atque etiam ut accelerarem editionem. Sed uide infortunium: Simo ille philosophus, cui ad me librum dederat, in febrem grauissimam in itinere incidit paucisque post diebus Patauij moritur. Iisdem diebus et Pontanum ipsum decessisse renunciatum est. Illud etiam mirabere, anno fere post ex quo is obiit mortem, exemplar*

S. Messer Iacobo de Franza [1] et hauendo multo litterizato con uoi sopra questo stampare, benche io auante pluribus hoc ipsum litteris tecum egeram per Alexandrum Calcidonium Venetum librarium, denique non possendosi di cio hauere risposta alcuna certa, ne spes quidem ulla futurae impressionis, mi confortaro ad pigliare io tal carrico in parte, come quello che piu cognosceuano affectionato del Pontano, loqual certo con quanta incommodita et danno mio ad cio mi sia condocto è gia ad tutti noto. Io una uolta mi trouo inuiluppato in la maggior fatiga che si possa per homo litterato patere, et ho gia imparato di hauere di uoi compassione, et è pur uero quel che in una epistola uostra ho letto sopra un libro greco per uoi impresso, quando ui lagnate di tanti affanni, quali per giouare altri sostinete, doue son queste parole in la memoria mia si fixe, che mai piu saldo in marmo non si scripse : « Me, post septem ferme annos, ne horam quidem solidae habuisse quietis. » Cosi bisogna pur fare chi uole fare cosa bona ét hauere honore. Appresso ho lassato quasi ogni altra mia facenda et mi so posto ancho in le dispese (come uoi sapete) necessarie in tal exercitio per fare stampare questo libro deli Elegi et Lyrici del Pontano, et questo per non comportare, che tante fatighe di un tanto homo andassero in perditione, riseruando pur ad uoi la Vrania come cosa maiore, una con li Horti et Ecloghe, secondo per la epistola mia qual percio ui scriueua legerete. Che quando una minima certeza hauessemo hauuta, che per uoi si hauea ad cio dare principio, mai ne Messer Iacobo ne altro haueria permesso che per qualsiuoglia se ne stampasse un uersiculo, et questo con ogni ragione, perche ne io ne altro chi si sia ha da concorrere con la grandeza et prestantia uostra in tal lauoro. Dolesi ciascuno di noi, et in primis ego, che questa una opera si troue adesso cominciata per me, per uoi mandare ad domandare al presente la copia di queste medesme cose, per hauerle ad soggiongere al uolume dela Vrania, che quando non si trouasse la opera in lauoro et impressa in bona parte, ad noi tutti seria stata somma gratia, subito mandaruela, et toglierce di fatiga et dispesa. La cosa è qua, uoi sapete che danno io reciperia quando questo uolume si unisse con la Vrania uostra. Lasso iudicare et determinare ad uoi. Io in cio non mi so posto (come ho dicto) per altro che per excitare dal sonno questi libri, non per mercantiare ne fronteggiare con uoi, qual tegno ragioneuolmente in somma riuerentia.

Quando uogliate usare questa gentilezza darmi tanto spatio, prima che uoi li uogliate subgiongere al libro uostro, che io li possa smaltire, questi pochi libri che sono, cioè 400 non piu, che mi persuado si uenderanno prestissimo, farete officio di persona humana et uirtuosa, qual sete di qua riputato, non comportando tanta iactura mia, doue non è alcun danno uostro; benche per la grandezza di questo uolume non so come commodamente si potesse unire

ipsum mihi fuisse redditum. Haec autem ad te propterea publice scripsimus, ut nos, quod in hunc usque diem istaec opera edere distulerimus... apud... istorum poematum cupidissimos uel Pontani amantissimos hac epistola expurgaremus.

[1] Mention d'un voyage en France de Sannazar, en 1504, et d'une correspondance du poète avec Alde. Alde lui a adressé deux préfaces, en 1502 et en 1514 (Didot, *l. c.* pp. 223 et 388).

con lo uostro, che li mei son 14 libri come uederete subito che sera stampato, che ue lo mandarò ad uedere [1]. Intertanto uoi porete col nome di nostro S. Dio publicare queste opere, secondo scriuete desiderare, et quantunque lo priuilegio mio commande che nulla opera qualsiuoglia che sia del Pontano si possa stampare in questo Regno, ne stampata per altro che per me portarsi d'altra parte ad uendersi qua, nientidimeno quanto specta ad cose uostre restarò contento si possano uendere qua ad piacere uostro, facendoui godere liberalmente lo priuilegio mio... [2] da hoggi ue lo consigno et tegno ad uostro seruitio, perche hauendo uoi da sequire (piacendoue) la impressione de [l'altre] cose Pontanice, ad me non bisognaria piu tal priuilegio, che usceria fora del affanno del stampare, et cosi [ui] manderia tutti quelli originali che uoi uolrete, quali tegno io tutti in mio potere, conseruati solamente ad q[uesto]. Et ad talche piu presto io potessi uscire di questi 400 libri, et uoi poi sequire uostri disegni di soggiongerli al [libro uostro?] ò fare altro, secondo ui parerà, uolendomi aiutare uoi in farne uendere alcuna parte in questo paese [uostro?], come uolisseuo fosse fatto deli uostri qua, me ne auisarete ordinandomi quanti et come ue li hauessi de m[andare] che subito ue li crederia, sequendo liberamente quanto me ordinasseuo et spero trouarisseuo un libro impresso con tal diligenza che forsi non ui despiaceria. Che cose siano questi che per noi si stampano, le porete uedere per la [charta] stampata, qual con questa ui mando, laqual da tergo tene la lista de tutti li supradicti 14 libri, cose nouamente et elimate et di nouo composte per lo Pontano, quanto specta ad multe et uarie additioni, et così de l'altre cose che son da imprimere; legerete la lista in ditta charta stampata, oltra lequali ce sono anchora 15 libri . . . 14 de rebus coelestibus in prosa, opera molto extimata da lui et da questi altri di qua, in laquale redditur rat[io] physica et probabilis in toto corpore Astrologiae. Ad uoi sta adesso eligere quella opera che uolete per stampare... prego fatemi risposta [3].

Vale. Neapoli. XXVIIIJ° Augusti 1505.

49. P. Summontius Aldo Manutio S. [4]

En tibi, Alde, Pontani tui munus, quo ille te (ut erat in omni actione prudens) merito quidem donauit. Est autem hic decimus rerum coelestium liber tibi (ut uides) ab eo dedicatus. Quod quidem mihi, ut primum id in

[1] L'édition préparée par Summonte est celle-ci: *Parthenopei libri duo. De amore coniugali tres*, etc. *Mense septembri 1505*, 148 ff. in-fol.

[2] La marge est coupée. Nous suppléons les mots manquants ou mettons des points.

[3] On sait que les oeuvres complètes de Pontano furent imprimées à diverses dates par Alde et par ses successeurs. En tête de chaque ouvrage, outre la dédicace originale de Pontano, qui s'y trouve généralement, il y a une dédicace de Summonte, ce qui montre bien que le savant napolitain a été, comme il le désirait, le directeur de toute l'édition vénitienne.

[4] *Vat. Reg.*, f. 354. C'est la dédicace du livre X du *De rebus caelestibus*.

archetypo eius uidi, in primis fuit gratum, ut qui honores tibi omnes ab omnibus iure omnino deberi et putem et praedicem. Accipe et una cum rebus coelestibus exquisitissimis eius in centum Ptolemaei enuntiata commentationes, quodque reliquum ex illius Philosophia erat, unum de fortuna, alterum de immanitate opus. Tu uale et, quod iamdiu facis, perge de humano genere bene mereri, Summontiumque nominis tui studiosissimum redama. Neapoli, 20 maij 1514.

De acceptis litteris ac libris fac me quaeso postea certiorem.

Jodocus Gallus.

50. *Aldo Manutio Romano uiro clarissimo atque integerrimo. Venetiis* [1].

Salutem et felicitatem. Tametsi, doctissime uir, nulla mihi ignauo homini tecum neque doctrine neque rerum aliarum occasione noticia intercesserit unquam, ausus sum tamen, barbarus ego, te eruditissimum undecunque uirum hijs meis ineptijs obtundere, quibus humanitati tue clarissimum hunc mihi amicum et fratrem Ioannem Cunonem [2], quo fidelius possim, commendarem. Quamuis enim, eo referente, didicerim esse eum tibi ex tua uirtute perquam familiariter iunctum atque in tuorum amicorum numerum esse liberaliter receptum, unde sibi ad inuictissimum nostrum Romanum Caesarem tuo nomine commiseris prouinciam (id quo pro uoto tuo fecisse eum crediderim) absoluendam, credidi tamen testimonium meum, non quidem ex uirtute aut doctrina, sed uel ex officio cui indigne praefectus sum, uel potius ex innata pietate tua, apud te posse tanti ualere quo intelligeres eundem Cunonem non mihi solum, sed doctissimis quibusque integerrimisque uiris charissimum esse. Quo factum est ut cum, hoc pro te suscepto labore et itinere, quattuor illi ducati quos a te pro uiatico recepit ei non suffecissent, petitos a me duos florenos rhenenses animo et manu promptissimis mutuo dederim, sperans me non sibi solum qui eis indiguit, uerum et tue quoque cuius res agitur, dignationi rem non ingratam effecisse. Quos cum prefato Cunoni pro liberalitate tua reddideris, constat eidem qua possit oportunitate uel totidem mihi per cambium restituere, uel certorum sibi assignatorum librorum comparatione resarcire. Sanctissimum uero animi tui institutum quod eodem Cunone nostro explicante in noua Academia erigenda concepisse te intellexi et a Serenissimo nostro Romanorum rege perficienda impetrare conatus es, non potui non admirari et summis

[1] *Ambros. E. 36 inf.*, f. 11. Sur cette lettre de J. Gallus, d'Auffach, oncle de Sébastien Brant, ami de Reuchlin, voir Geiger, *Beziehungen, l. c.*, p. 119.

[2] C'est le même que le *Ioannes Cono Norimbergensis ordinis praedicatorum* sur lequel Morelli a recueilli diverses particularités dans *Aldi scripta tria*, p. 52. Il étudia le grec à Venise, sous Alde Manuce, puis à Padoue, sous Musurus; il l'affirme lui-même dans une dédicace à Jodocus Gallus, en tête de sa traduction d'un traité de Saint Basile faite à Padoue en 1507.

efferre laudibus; curabo autem hanc saluberrimam propositi tui conceptionem apud omnes uirtute et litteris prestantes uiros commendare, et id efficere ut, si qui erga Caesaream maiestatem, quales plures sunt, aliquid ualeant, ad eius rei perfectionem Serenitatis sue animum uel inducant uel inductum confirment, sin minus, ut Deum immortalem quoad possint exorent quantum huic felicissimo proposito auxilium praebeat et effectum. Quod si uel in eadem re, uel alijs rebus prestantissime tue dominationi in hac barbara natione nostra, potissimum uero in tractu Rheni et ciuitate nostra Spirensi inseruire potuero, inuenies me dum preceperis, non uerbo tantum, sed et rebus quoque ipsis integrum et veracem. Valeat diu et felix prestantissima excellentia tua in salutem rei litterarie grece et latine, in multiplicationem tum librorum quam doctorum uirorum, quin et amplificationem immortalem illesi nominis et phame tue quam tum Italia et Gallia, ipsa eciam barbara celebrat et celebrabit annos Nestoreos Germania nostra.

Ex Spiris. Pridie Nonas Nouembres. Anno Christi M.D.V.

Tue humanitatis cultor et amator,
Iodocus Gallus, inutilis predicator ecclesie Spirensis.

Girolamo Aleandro.

51. Τιμιωτάτῳ καὶ ξυνετωτάτῳ Σκιπίωνι Καρτερομάχῳ
τῷ Πιστοριεῖ εὖ πράττειν. Ἐνετίαζε.
A sancta Maria formosa in casa del mag.co ms. Hieronymo Grimanj [1].

JC XC

Ἔτυχον εἰς τὰ διδασκαλεῖα ἀφικόμενος, ὁπότε Μαπφαίῳ τῷ Λέοντι ἀποδέδοται τὰ παρ᾽ ὑμῶν γράμματα, καὶ οὗτος γε πρὸς τὰς πύλας βλέπων, ὥς με ἤδη καὶ πόῤῥω πάνυ ἐπανερχόμενον ἑώρακε, μεγάλῃ τῇ φωνῇ (ἐστὶ γὰρ ἀδεεστέρα αὕτη ἡ πόλις τῶν Ἐνετιῶν) τὴν τῆς διανοίας εὐφροσύνην οὕτως οἶμαι

[1] *Vat. 1103*, f. 25. — Cette lettre nous paraît antérieure à la première d'Aleandro à Alde. On voit que le futur cardinal-bibliothécaire est tout-à-fait à ses débuts dans l'étude du grec et qu'il fait honneur de ce qu'il en sait aux leçons de son ami Cartéromachos. Il n'est pas encore très habile helléniste, si nous en jugeons par cet échantillon bizarre, d'un style si confus et d'un vocabulaire si bariolé. Pour éviter au lecteur l'ennui et la difficulté de la lecture, nous croyons devoir donner *talem qualem* la traduction suivante:

Au très honorable et très intelligent Scipion Cartéromachos de Pistoia, salut. A Venise.

J'arrivais au cours [à l'Université], lorsqu'on remit vos lettres à Maffeo Lioni. Il regardait vers la porte et de très loin il me cria d'une voix forte (on ne se gêne point dans cette ville de l'Etat de Venise), voulant manifester sans doute sa bonne humeur: « Girolamo, voici, voici nos plus chers amis Scipion et Marino [Grimani]! » Et moi-même, comme je te le laisse penser, je me sentis rempli de joie à cette nouvelle, pouvant à peine croire que les dieux nous favorisassent de la sorte. J'embrassai ta lettre, après l'avoir lue quatre fois, et je résolus de te répondre au plus vite. Mais je sais que tu vas t'écrier: qu'est-ce qui

ἐνδεικνύμενος· παρῆσαν, ἔφη, Ἱερώνυμε, παρῆσαν οἱ πάντων φίλτατοι ἡμῖν Σκιπίων καὶ Μαρῖνος. Ἐγὼ δὲ (καθάπερ ἐνθυμεῖσθαί σοι παρίημι) ταύτῃ τῇ ἀγγελίᾳ ὑπερησθεὶς καὶ μόλις τοσαύτην παρὰ τῶν θεῶν ἡμῖν εὔνοιαν ὑπάρχειν πεπεισμένος, ὅμως τετράκις πρότερον ἀνεγνωσμένην τὴν ἐπιστολήν σου φιλήσας, ἔγνωκά σοι ἀποκρίνεσθαι ὅτι τάχιστα. Οὐ μὴν ἀλλὰ εὖ οἶδ' ὅτι· τί δήποτε, φαίης ἄν, Ἀλεάνδρῳ παρέστη ἑλληνιστὶ πρὸς ἡμᾶς ἐπιστέλλειν; Μῶν τινα πρὸς Σκιπίωνα τὴν τῶν ἑλληνικῶν ἐπιτηδευμάτων πλεονεξίαν ἀκαίρως ἐπιδείκνυσθαι προαιρεῖται καὶ ταῦτα εἰς Αἴγυπτον στάχυας ὡς ἀληθῶς κομίζων; ἰταμῶς γὰρ καὶ θρασέως τοῦτο ἂν εἰκότως εἴη, μᾶλλον δὲ κουφοτέρου καὶ τὰ ἡμέτερα τρυφερῶς ἄγαν μεμισηκότος λατίνοις παρὰ Σκιπίωνος γράμμασι δι' ἀλλοτρίας γλώσσης ἀποκρίνεσθαι. Καὶ τίνα γὰρ πρὸς σὲ φιλοτιμίαν ἐπιδείκνυσθαι οἷός τε εἰμί, ὅς γε καὶ τὰ τῶν Ἑλλήνων ἅπαντα, ὁποῖ' ἄττα ἡμῖν ἂν ὑπάρχῃ, παρὰ σοῦ ἐκμαθεῖν, καὶ ἐν τοῖς ἡμετέροις ἐρρῶσθαι καὶ γιγνώσκω καὶ ὁμολογῶ πανταχοῦ πᾶσιν. Καὶ νῦν γε τοσούτου δέω, ἥδιστε Σκιπίων, τοιόνδε τι λογίσασθαι, ὥστε ἐξόν μοι ἧττον ἴσως κακῶς λατῖνα σοὶ γράφειν, ὅμως ἑλληνικὰ διδόναι γράμματα προειλόμην. Τί δὲ τούτου αἴτιον φαίη τις ἄν; διότι καθάπερ τῷ Πανὶ μικρὸν τὸ τοῦ γάλακτος σκύφος, καὶ τῇ Δήμητρι ὀλίγον τὸ τῶν σταχύων δρᾶγμα ὥσπερ ὄφλημά τι παρὰ τῶν ἀγροιωτῶν πολλῷ γε οἶμαι χαριέστερον ἔστι τῆς ἑκατόμβης αὐτῆς, οὕτω κἀγώ σοι τὴν ὠφλημένην ταύτης τῆς γλώσσης εἰ καὶ πολὺ τῆς ἀγρότητος ἀποπνέουσαν ἀπαρχήν, πέπεισμαι εἶναι ἂν ὁτουδήποτε μεγάλου ἀναθήματος χαριεστέραν.

Ἐπιδημητέον μοι ἔστι Ληνιακῷ δέκα ὡς ἐπὶ τὸ πλεῖστον ἡμέρας· τοῦτο δὲ πολίχνιόν τι τῶν Βερωνέων ἐστί· ἐκεῖθι ἀφικόμενος οἴκαδε, οὐδὲν ἔτι με κωλύσει, μὴ πρὸς ἡμᾶς ὅτι τάχιστα ἐκπετῶμαι. Ἔρρωσο τιμιώτατε.

Ἐκ Παταβίου, ἑβδομάτῃ τοῦ φθίνοντος σκιρροφορίωνος.

Ἱερώνυμος ὁ Ἀλέανδρος.

a bien pu pousser Aleandro à m'écrire en grec! Comment décider quelqu'un à étaler mal à propos devant Scipion l'ambition de ses tentatives helléniques? vraiment c'est apporter du blé en Egypte. C'est bien audace et folie que de répondre en une langue étrangère à une lettre latine de Scipion, qui a une tendre haine pour ce que je fais. Et quelle ambition suis-je donc capable de te montrer, moi qui ai appris de toi tout ce qu'on sait de grec chez nous, moi qui en même temps me suis fortifié sous ta direction dans nos lettres [latines], qui le reconnais et le dis à tout venant? J'avais besoin, cher Scipion, de ce préambule pour m'excuser d'avoir préféré le grec, bien qu'il m'eût été facile de t'écrire un peu moins mal en latin. On me demandera pourquoi cette préférence: par la même raison qui rend une petite coupe de lait plus chère à Pan, une poignée d'épis, offrande des paysans, plus précieuse à Cérès que ne serait une hécatombe. C'est de la même façon que je t'envoie les prémices de mes connaissances en grec, qui sentent bien leur rudesse, dans l'espoir que tu y prendras plus de plaisir qu'à un présent de valeur plus grande. Je dois rester dix jours au plus à Leniacum [?], bicoque du territoire de Vérone. De là, arrivé à la maison, rien ne m'empêchera de voler vers toi. Adieu, mon très illustre. Padoue, sept jours avant la fin du mois de scirrophorion. Girolamo Aleandro.

52. *Excellentissimo et liberalissimo utriusque linguae propagatori Domino Aldo Pio tanquam patri suauissimo . . . Venetijs. In casa di M. Andrea d'Asola* [1].

IC XC

Excellentissime domine, salutem. Heri lo receueti uostre lettere, benche alla data del giorno me pareno uechie. Vna dona melle portò; non so a che modo le done siano facte tabellarie, ma sono forte pegre como e di lor in omnibus natura. Vtcunque io me sforzarò far quello che mi commandate como son tenuto et debo; ma credo che harremo difficulta hauere il libro di Fiorenza, pur mi sforzarò de hauerlo et faro ut iubes. Hozi li scholari hano diuedato che se lezi et pure legessi, non so zoche farano. Credo uerrò ad uoj fino zorni 10, et farò intenderlo a misser Trypho [2]. Interim uedete per le librarie in quello loco, se gli e qualche cosa; de qua nihil est pur certo; omnino faremo faremo bona cosa. Io ancor uo reuedendo le mie lectione, et facto che io habi questo, ad te euolabo. Misser Lodouico assai ui si recommanda, et parli esser senza se stesso, non possendo fruir la uostra dolce compagnia. Di me non ui dico niente: sol necessita che io uegni piu abonhora che sia 10 zorni, scriuetime perche uegnirò; ma non restate affaticarmi in cercare, perche li besogna cura. Io uolentieri staria questi 10 zorni ad expendere di reuedere queste mie lectione. Vale. Patauij. MDVI. Die 26 Ianuarij [3]. Recommandatime a messer Andrea [4] et li amici. Messer Maphio [5] e per soe facende a Vicenza; non ui posso dir di lui altro che, ut credo, bene habet.

Ex^tiae^ v. filius et cliens Hier^s^ Aleander.

[1] *Ambros. E. 30 inf.*, f. 24. — La plus ancienne mention des rapports d'Aleandro avec Alde se trouve, à la date de 1499, dans son autobiographie fragmentaire conservée à la bibliothèque de l'archevêché d'Udine; on y voit qu'Aleandro étant à Venise, plaça son frère Vincenzo, pour étudier les belles-lettres, *sub Manucio in aede Diui Marci.* (Communication de M. V. Joppi). — Nous avions annoncé une étude sur la carrière littéraire d'Aleandro; ce projet vient d'être exécuté par M. Ernest Jovy; le jeune savant s'est particulièrement efforcé d'apporter des renseignements nouveaux et précis sur le rôle d'Aleandro en France et son enseignement à Paris et à Orléans. Nous sommes heureux de signaler à l'attention des érudits italiens son travail qui sera prochainement sous presse.

[2] Trifone Gabrielli.

[3] Nous avions été tentés d'attribuer cette lettre au mois de janvier 1507 (n. st.) et par conséquent de la placer après la suivante; mais il paraît démontré avec certitude, par la lettre 56, qu'Aleandro n'avait pas l'habitude de dater ses lettres d'après le calendrier vénitien, c'est-à-dire en rattachant les mois de janvier et février au millésime de l'année écoulée.

[4] Il est à peine besoin de rappeler au lecteur que « messer Andrea », dans cette lettre et les suivantes, désigne Andrea d'Asola.

[5] Maffeo Lioni, l'ami et le compagnon d'études d'Aleandro à l'Université de Padoue. Cf. Mazzuchelli, *Scrittori d'Italia*, I, part. I, p. 411.

53.

Excellentissime domine mi [1], Io ui scriuo in pressa per non hauer presente tempo di mangiar et ui aduiso come son sano, gratia Dij, con li altri; pur la Quaresima ne tumba li stomachi per questi pesci et strani cibi. Non so como fa ad uoi, benche uoi sete ἀκάμαντος. Io fo qualche cosa di notar sopra le cose che me hauete ordinato, et faria piu sel non fosse che mi besogna notar il graeco (ut scis) et talhor piu cha sij il besogno per la causa uostra. Presentemente ho le lectione di logica che vorria 30 homini et io non li posso prestar lopera de un 4[to] di hor. Pur passemo uia. Laus Deo. Vi prego a messer Stephano date che luj me mandara un Theocrito, perche hactenus io ho correcto sopra un ad impresto, et uedo che di belle correctione se multiplica, che messer Marco [2] fa el douer et praesertim in questo ultimo. Io uorria affaticarse per noi non per altri. Item, perche el se per lezer di festa qualche cosa di Thucydide ui prego mello mandate. Questi doj libri me so necessarijssimi [3]; ui prego charissimamente non ui aggreua darli a messer Stephano, che lui me li mandara. Omnino un qualche di per uostra benignita haueuj dicto di darmelj non ui posso piu pregar. Voria intendere como van le cose, et di Alemania, et deli Virgilij se trouate qualche cose, et uedete ui prego di quello con il frate di San Michiele di Murano. Recommandatime a messer Andrea et alli altri Academici. Vale et salue. Misser Mapheo et mi a uoi se ricommandamo. Patauij. 1506. Die X Martij. Ve aricommando li mei ruri da Cabarelli. Et il Theocrito uedete chel quinterno sia iusto che era corrupto [4].

Tuus filius Hieronymus Aleander.

54. *Ex[mo] Dno Aldo Pio Manutio Romano. Venetijs* [5].

IC XC

Excellentissime domine, Azoche sapiate aliqua di nobis, io sum sano et me forzo expedirme di qui per uenir alla desiderata impresa; tamen me besogna maturar azoche non habia caussa di retornar cossi facilmente. Interim uos ualebitis et metterete in ordine quello che si ha da far; extricateue da uostre lite, se si pode, et facte rebutar le lettere et conzate quelle cose de Plutarcho al meio si puol [6]. Dio me dia gratia che presto me expedisca de

[1] *Ambros. E. 30 inf.*, f. 23. Sans suscription.

[2] Musurus, dont Aleandro suit les cours de grec.

[3] Aleandro demande le *Théocrite* de 1496 et le *Thucydide* de 1502.

[4] Alde a noté ici, de sa main: Τὸ εὐκτικόν - οὗτος μὲν πανάριστος. - *Sunt mihi bis septem praestanti corpore nymphae.*

[5] *Ambros. E. 30 inf.*, f. 26.

[6] Le travail auquel Aleandro fait allusion dans les lettres précédentes comme lui ayant été confié par Alde paraît être la préparation du texte des *Moralia* de Plutarque. Cette importante édition princeps, qui fut dirigée par Démétrius Doucas, parut en mars 1509; on lit en tête une épigramme grecque d'Aleandro. Cf. E. Legrand, *Bibliographie hellénique*. t. I, p. 92, et P. de Nolhac, *Erasme en Italie*, p. 42.

qua. Valete, salutate li di casa et la excellentia di misser Ambrosio [1] et li altri amici. Motae [2]. 1507. Die primo Nouembris.

Tuus Aleander.

55. *Exmo Dno Aldo Manutio Romano amicorum optimo. Venetijs. A Sancto Paterniano ouer appresso del ponte di Rialto* [3].

IC XC

Non ui marauegliate, uj prego, se tantosto non son uenuto quantosto ui promisi et uoj sperauate, perche le cose del mio accordo con li aduersarij non si podeno cossi assetar como io speraua. Tamen non restaro percio di transferirme a Venetia. Et spero che sara omnino facto el di di S. Nicolo, che montaro in barca, Deo duce, se me sentiro ben, perche, per li grandi fredi che ho presso caualcando alli dj passatj, me hanno un poco agiachito et oppresso siche, tra quelli et li intensi fastidij, non scio como habia si poco male ancor che a mi e del tal uigor che non mi lassano gia giorni 8 partir di casa. Non sto gia percio in lecto, ue prego interim modeste feras meam absentiam, che per Dio un zorno me pare cento anni a poter fruir con reposso la uostra doctissima consuetudine et del mio praeclaro messer Ambrosio et deli altri boni amici, cossi domestici como di seruitori di casa, alli quali molto ui prego ue piaqui racommandarmj et praesertim a messer Andrea mio carissimo patrono. Sel uenisse interim un zouene bassoto, se demanda messer Titio, el qual e doctissima persona et uol dar impensa opera a lettere graece et inuero dignissima creatura, et ui dimandasse di me, dicete che me expectate, ma che non sapete certo de reditu quando el sia per esser. Et questo per uno poco de mea facenda. Vale. Motae. 1507. Die ultima Nouembris. Se Messer Demetrio [4] e agiunto da Carpi salutatelo, δέομαι σοῦ, meo nomine.

Tuus Aleander.

56. *Exmo uiro Dno Aldo Manutio Romano utriusque linguae propagatori. Venetijs. A San Paternian. In casa di m. Andrea d'Asola* [5].

IC XC

Salue, Alde optime. Io scripsi alli zorni passati a messer Ambrosio che la terza festa di Natal ouer quarta io era per partirme dala Mota per Venetia; la mia fortuna et questa maledicta lite me ha conducto che za 20 di io sum in Friuli ad Vdine et poeno si che non uj maraueliate, sed spero

[1] Il s'agit d'Ambrogio Leoni, ainsi que dans les lettres suivantes.

[2] Aleandro écrit de son pays natal, la Motta, petite ville de la province de Trévise, où l'avait appelé un procès.

[3] *Ambros. E. 30 inf.*, f. 25.

[4] Evidemment Doucas.

[5] *Ambros. E. 30 inf.*, f. 13.

hauernemi spedito fra doi o 3 zorni di qui. Et como giunga alla Mota uenirò ad uoj; io non scio se qualche cosa me sia sta mandata alla Mota, como scripsi a messer Ambrosio, perho non uj scriuo altro. El lator della presente e uno doctissimo notario dela terra di Vdine et me ha seruito assaj et gratis in la mia causa. Luj uorebbe comprare lopera del Politiano; se uoj ne hauete, ui prego fatelli quello piu appiacer potete per amor mio, et appresso li altri uostri innumeri beneficij uerso di me computate ancor questo. Il Cotta molto ui saluta, elqual e qui con lo illustre segnor Bartholomaeo di Aluiano, quorum uterque me fanno molte chareze [1]. Salutate messer Ambrosio con tutti di casa. L'Amaseo [2] dice chel uj mandara fino pochi zorni qualche denari et che li perdonate. De qua ogni dj uien fanterie di Romagna; tamen non se dice altro. Vale plurimum. Vtini. 1508. Die 4 Ianuarij.

Tuus Aleander.

57. *Excellentissimo Domino Aldo Manutio Romano patrone obseruando. Venetijs. A San Paterniano* [3].

IC XC

Salue et cetera. Per Rado presente corriere che uien de Engelterra et ne fa presa ui scriuero al bisogno dele cose che me parerano piu necessarie, un altra uolte ui scriuero di altre cose. Le mie capse non sono ancora uenute, perho non ui transcriuo cossa alcuna dele ordinate. La fortuna mia uole cussi. Io non ho facto ancor principio alcuno per che non sono uenuti li libri. Et ben che me sia sta seruito de molti libri cossi graeci como latini, non di meno monsignore Budeo [4] non mi consiglia che io tenga adesso tal uia, per che molta turba di seminudi et pediculosi scholari ce sarebbeno, ma guadagno poco; pur me ha dicto che acconciaua le cose mie ben, et interim aduna alcune

[1] Ce Cotta, qui paraît attaché à la personne du général vénitien, doit être le Pietro Cotta avec qui Erasme dîna à Venise (*Erasmi opera*, éd. de Leyde, t. III, col. 788 E). — Il y a des renseignements sur la famille Cotta dans un livre de Parrasio; nous en avons sous les yeux une édition parisienne, où nous signalons de nombreux fragments imprimés en grec et assez intéressants par la date. Le titre est: *Cl. Claudiani Proserpinae raptus cum Iani Parrhasii commentariis ab eo castigatis et auctis accessione multarum rerum cognitu dignarum*. A la fin: *Impressum Parisius per Antonium Bonnemere impensis Ponti le Preux. Anno Domini MCCCCC.XI. Die vero XVIII Decembris*. Voir, à la suite des tables, la dédicace de Parrasio datée de Milan: *A. Ianus Parrhasius C. Catulliano Cottae Mediolanensi patricio*.

[2] Romolo Amaseo était d'Udine; il semble avoir commencé son enseignement, cette année même, à Padoue. Aux lettres d'Amaseo que nous avons indiquées ailleurs, joindre une lettre à Egnazio, *Patauii, XIV Kal. Iul.* (*Vat. Reg. 2023*, f. 10).

[3] *Vat. 4105*, f. 315. Nous avons essayé une traduction française de ce document dans la *Revue des études grecques*, première année, Paris, 1888, n.° 1, (travail intitulé: *Le grec à Paris sous Louis XII, récit d'un témoin*). Nous y avons revendiqué pour Aleandro l'honneur d'avoir définitivement fondé à Paris l'enseignement du grec, qui jusqu'alors avait été intermittent et à peu près sans fruit.

[4] Guillaume Budé, le grand restaurateur des études grecques en France.

persone degne, si che le cose spero andaranno ben quanto al guadagno, per che quanto al nome (che nome si fa per questa uia) gia molti homini degni et altri ce cognosceno, et ne sono di grandi accepti. Ma se ben non se guadagnasse, io ho trouato un altra uia, laqual e di sorte che spero de non me pentir di esser uenuto in Francha: e che io di et nocte do opera alli studij dele arte [1] per bona foza, et questo basti, che spero che al tempo del'Academia faremo ancora qualche cosa di la uia peripatetica et dele mathematice. El Fabro [2] e nostro duce et altri homini degni. Et che la uia ci sia per essere compendiosa et di quella che messer Ambrosio uole, credo che l'habiamo trouato. Et doliomi che a Venetia non se ne troui ben el nostro messer Ambrosio, al qual molto me recommandate.

Sappi ancor che dapoi disnar io lezo una lectione ad alcuni homini da ben in graeco. Et altri me instano assaj che io leza le Erotemate. Tamen fin hora non hauemo facto altro, per che non sono Erotemate di Lascaris in questa terra, et io non uolio pigliar la fatica per uno o per doj, per che uorei far una classe di 15 ouer 16 ad un tracto [3]. Se e uero che in questa terra hanno stampato l'Erotematj di Chrysolora dal typo di Regio et Theocrito [4], le letre in men sono facte qui et ancora che io non le habia uiste,

[1] Aleandro suivait les cours de la Faculté des Arts; il fut plus tard reçu docteur ès-arts et ce titre lui permit d'être élu, en 1512, recteur de l'Université de Paris. Les études très variées qu'il faisait, l'année de son arrivée, sont constatées par un cahier que nous avons trouvé à la Bibliothèque Chigi et qui nous semblent des notes de cours. C'est le ms. *R. II. 49* (cf. *La Bibliothèque de Fulvio Orsini*, p. 172); on lit à la fin: *M.D.VIII. V Idib. VIIbr. Parisiorum Lutetiae.*

[2] Puisque le nom du célèbre hébraïsant français, Lefèvre d'Etaples, se rencontre ici, c'est une occasion de signaler ses rapports inconnus jusqu'ici avec Alde Manuce. M. Jovy nous a indiqué en effet, dans *Logica Aristotelis ex tertia recognitione [Boetio Seuerino interprete, Iacobo Fabro Stapulensi ordinatore] Parisiis, ex officina Henrici Stephani, 1520* (la première édition est de 1510), la mention suivante, au fol. 160 v°: « ... *Id Venetiis in officina Aldi Manutii uiri optimi, summae industriae et ad restitutionem literarum totis quadam animi insita generositate uiribus excudendo ceteros superantis suamque naturae dexteritatem fortunate sequentis, ita narratum accepi...* » Il s'agit d'un fait relatif aux marchands d'esclaves *apud gentem Agarenam*, rapporté à Lefèvre par un personnage qu'il rencontra chez Alde et qui avait longtemps séjourné en Orient.

[3] Nous avons la date de l'ouverture du cours d'Aleandro dans une lettre du jeune Michel Hummelberger à Beatus Rhenanus, Paris, 2 avril 1509: *Hieronymus Aleander Mottensis Noricus, utriusque linguae iuxta et Hebraicae doctissimus, quas priuatos inter parietes summatibus uiris interpretatus est, propediem publicitus auspicabitur; ego eius auditorio frequens adero.* (*Briefwechsel der B. Rhenanus*, p. p. MM. Horawitz et Hartfelder, Leipzig, 1886, p. 21).

[4] L'édition des *Erotemata* de Chrysoloras, imprimée par Gilles de Gourmont, sous la direction de François Tissard, d'Amboise, est datée du 1er décembre 1507; une édition sans date de Théocrite paraît se rattacher au même temps. Déjà avait paru un petit recueil grec préparé par Tissard et intitulé *Liber gnomagyricus*, qui est le premier livre grec imprimé à Paris; il porte la date du 12 août 1507 (Aug. Bernard, *Les Estienne et les types grecs de François Ier*, Paris, 1856, appendice, p. 64). On ne s'explique pas qu'Aleandro n'ait pas vu ces ouvrages au moment où il écrit à Alde. Celui-ci semble avoir été renseigné par une autre voie sur les projets de son confrère, l'imprimeur parisien Gourmont;

tamen credo che non siano ne belle ne bone [1]; pur per el bon mercado costoro le uoleno, che non curano altro in questo modo che spendere poco. Loro uolenno che io li instituisse con quelle Erotemate, io li ho praeposto quelle uostre per essere et melior uia et per cetera. Perho parlate con messer Andrea et facte mandar ogni modo piu presto che si pote, o per la fiera per uia da Lion o ancora auanti: Erotematj de Constantino al meno 12 [2], lexicon 6 [3], Luciani 6 ouer piu [4], et qualche altro libro che ui para, tanto che se faza una capsa, per che ue li faro spazar tutj spero. Intra li altri mandar che me ha ordinato uno gentilhomo a posta: Aristotele de animalibus graeco, Theophrasto de plantis graeco [5], Aristophane [6] et altri libri che azoche l'habiate in ordine uederete in la lista.

Et per che questo Ianpietro li uende un ochio di homo et non si spazano cossi facilmente et multi de . . . , so ui dire che lo chiamano el Iudeo, elqual ha uenduto ad uno gentilhomo di qui li Epigrammatj graeci uostri ducati ij marcelli 10 di nostra moneta [7], ad tal che me e stato forza redrezarli in speranza laqual per forza haueano abiecta. Et cominciauano a far una festa con francese che sa graeco et fareano stampar ut supra. Tamen li ho ropto el desegno. Et credo che collui piu non leza; ne lo cognosco, senon per nome che si dice credo franco Tisardo [8].

Perho io uorei che feste far una capsa di libri et mandarla con la lettera directa ad me in el Collegio Cardinalis [9], che e uicino a casa nostra, et el

il a pu l'être, entre autres, par Erasme ou par Jean Lascaris; tous les deux en effet étaient alors à Venise et avaient avec Paris des relations suivies, Lascaris surtout en sa qualité d'ambassadeur de France près la République de Venise.

[1] Aleandro allait pourtant être forcé de se servir lui-même des caractères de Gourmont, pour imprimer les livres élémentaires nécessaires à son enseignement, livres qui seront décrits en détail dans le travail de M. E. Jovy annoncé plus haut.

[2] Aldine de 1495, grammaire de Constantin Lascaris.

[3] Dictionnaire d'Alde, de 1497.

[4] Aldine de 1503.

[5] Aleandro indique ainsi les volumes III et IV de la grande édition d'Aristote; ils sont de 1497 et le vol. IV débute par le *De historia plantarum*. Le correspondant a soin de spécifier qu'il demande le texte grec, car Alde avait publié, en 1504, la traduction latine de ces deux ouvrages d'Aristote et de Théophraste, due à Théodore Gaza.

[6] Edition princeps donnée par Alde en 1498.

[7] C'est l'édition aldine de l'Anthologie, sous le titre de *Florilegium*, 1503, in-8°. Elle aurait été vendue par le libraire parisien deux ducats et dix marcelli, tandis que, sur le second catalogue d'Alde publié par Renouard (p. 334), elle est seulement marquée au prix de 4 marcelli. Le ducat valant douze marcelli, on voit que le prix est presque décuplé. Cette différence, quoique exorbitante, n'est pas invraisemblable pour l'époque. (L'original d'Aleandro représente par des signes le mots que nous avons lus *ducati* et *marcelli*).

[8] L'helléniste italien se montre dédaigneux jusqu'à l'injustice pour son concurrent français Tissard, qui a le mérite d'avoir inauguré à Paris les éditions grecques. Tissard était lui-même un élève de l'Italie; il avait étudié à Bologne pendant toute l'année 1505 et y avait été reçu docteur en droit canon et civil, le 19 mars 1506 (Malagola, *Antonio Codro detto Urceo*, Bologne, 1878). Consulter, pour Tissard, l'étude de M. E. Jovy sur Aleandro.

[9] Le collège du Cardinal Lemoine, rue Saint-Victor.

principal di epso studia graeco; per che io, con quello animo che ui porto, ueli diro et rendarouj li uostri danari al modo et ordine che me dareti chi [scri]uerete [1] el uostro conto al modo de li. Et faro alquanto meior mercato che n[on] Ianpietro, per che per Dio el besogna, et del guadagno plus oltra la uenditione [che] si fa ad Venetia, parte si expendera in la spesa, et parte io guadag[nero], per che per Dio non si fa grasso di guadagno.

Crede mihi per che in questa terra sono tanto usi a pagar li maestri a soldi chi li aggraua dar denari cossi [in] libri como in maestri di graeco. Et perho besogna che se adiutamo per ogni [caso] per che χεὶρ χεῖρα νίπτει [2]. Et poj piu oltra fretus tuo consilio io non li cuz..., ne ancor ho toccato soldo, per che li uado tirando in la stupa. Et poi qualche [cosa] sara un jorno, pur che si uiua. Et perche siate certo uoj e messer Andrea che io non ui uolio aggabar, la magnificentia di messer Piero Lion ue parlera ouer messer Andrea, per che la sua magnificentia li fara ogni seguri inde quanto di dicti libri che uoi mandarete, che del uendere di epsi uene rendero bon computo, ben che credo che non bisogna tante pezarie con mi che son di casa uostra, et che ho qualche cosa in terra di Veneti, quum sit chi ue fidar di quello modico che sia in Polana alienigena. Se uoj me li mandarete, me accendero mi a far che sene spaci, per che fara ancor per mi, benche ad ogni uostro [man]dato sum per esser sempre obediente, et cossi di mio patre messer A[ndrea] [Se] besognara io ue faro responder di danari sempre deli per la sua magnificentia, quanto non uenderemo; aduisandouj che in questa terra molti sono librari che uolentieri se intricariano con uoj, tamen ego sum praeferendus [3]. Del mio debito per Dio, quum primum io guadagni, io ue satisfaro deli danari.

[1] Le document ayant été rogné, il y a une petite lacune au bout de chacune des lignes de la seconde page; nous essayons de suppléer entre crochets les lettres ou mots disparus.

[2] Cf. *Adagia Erasmi*, chil. I, cent. I, 33.

[3] Nous pouvons croire qu'Alde a fait à Aleandro l'envoi des livres demandés; il n'y a qu'à lire en effet la préface mise par celui-ci en tête de trois opuscules de Plutarque qu'il a fait imprimer chez Gilles de Gourmont, avec la date du 30 avril 1509: on y trouve un passage dignement élogieux pour Alde et pour ses travaux. Ce passage est curieux à plus d'un titre; comme il est inconnu aux historiens d'Alde et qu'il figure, de plus, dans un recueil extrêmement rare, même à Paris, il y a quelque intérêt à le donner ici: « *Graecos uero optimos illos quidem habemus ex Italia et pulcherrimis characteribus informatos, sed eosdem propter ingens imprimendi et conuehendi impendium tam paucos eosque ipsos adeo caros, ut cum quotcumque huc afferuntur uix tribus quatuorue sufficiant graecorum studiosis, nedum tot millium quot hic sunt scholasticorum numero, etc.... Debetur in huiuscemodi negociis gloria perpetuae immortalitatis Aldo Manutio praestanti moribus et doctrina uiro, qui cum editis in lucem optimis et eisdem pulcherrimis diuersorum auctorum libris graecam prius linguam paene interremptam restituisset, nunc latinam cum graeca simul illustrat miro successu, facturus itidem in Hebraïca, nisi uere ferrea Musisque semper infesta bellica obstarent tempora. Huius praeclaris inuentis haec quae faciunt impressores nostri, non adsurgant modo uelim, uerum etiam eo a nobis animo suscepta credantur, ut haec ad ea quae apud Aldum imprimuntur facilius euoluenda rudibus quasi uiam substernant.* » (Exemplaire de la Bibliothèque Mazarine, 14331).

A messer Erasmo[1] e tuti di casa e di fora amici me recommandate, alli quali non s[criuo] per il tempo non mi lassa, si per la lection che io expecto como per el corrier [el]qual profecturit.

Vale. Parisijs. M.D.VIII. 23 Iulij.

Tuus Aleander.

Jacob Spiegel (Specularis).

58. *Excell.mo uiro Domino Aldo Manutio Romano tanquam patri suo car.mo* [2].

IS

Bene est mihi cum tibi bene sit, Manuci amantissime. Mittit me nunc presul noster [3], amantissimus tui, ad Maximilianum in nonnullis sui negotiis, tui tamen non dememor, uel ego imprimis cui tantum apud me tua dignitas creuit. Tametsi literae meae et ad Caesarem et Collaurium tralatae sunt una et nostrae super negotio tuo [4], nihil ab iis adhuc responsum est. Non factum tabellionis iactura, qui certissimus omnium fuit, nam ille Caesareus erat ad nos missus cum literis interpretandis quas domini Russiae sua satis ignota lingua dederunt ad Caesarem. Ille inquam nuntius huius mensis primo die abiit et iamdudum procul dubio litteras tum tuas tum nostras reddidit. Interea uero negotii quidpiam incidit, quo iam me itineri cogar accingere; quare ut tua in me merita expostulant, uidetur me non debere, neque id offitii mei esse, ut id non nuntiem tibi, quo iterum tuas ad illos tuos quos illic habes auctores perferam litteras, et quas cum illoc uenero quantum potero absoluam ocissime, tibique aliquid definiti responsi extraham, atque Caesaris et omnium suorum qui hactenus in tuo negotio ,uersati sunt sententiam et animum exhauriam, ne plura illic, ut solent aulici, quotidie polliceri, pauca uero aut nulla persoluere uideantur, et optimos quosque uiros circumducere et spe pascere inani. Quibus omnibus ego ita prouisurus sum, ut prope diem quomodo tecum agatur litteris meis uel coram cognosces, nam diutius quam res ipsa expostularit non manebo modo apud Caesarem, tametsi decreueram. Mos itaque gerendus est presuli meo qui uult ut ita agam. Portabo igitur omnino Caesaris sententiam, cui compositis uerbis ego ipse rem tuam disputabo inter nostra negotia. Quare animo sis bono et obiter tuas ad me uel Caesari uel Collaurio perferendas per nauitas nostros Tergestinos transmitte, ita tamen ut intra quintum decimum uel uicesimum diem ad me ueniant, cum diutius hic non possim morari.

Pontanus quem donasti mihi hic ab ignauo quodam ligatore adeo deformatus est, ut illum pudeat me aspicere, taceo pro pignore tuo in aula Cae-

[1] Erasmo avait donné à Aleandro des recommandations pour ses amis de Paris: on s'explique que le jeune helléniste lui réserve ici une mention spéciale (*Erasme en Italie*, p. 49).

[2] *Ambros. E. 36 inf.*, f. 10. Cf. Geiger, *Beziehungen*, *l. c.*, p. 119.

[3] L'évêque de Trieste, Pietro Bonomo.

[4] Il s'agit toujours de l'Académie.

sarea circumferre et monstrare. Adiuro igitur te, per Neacademiam nostram, cui ego omnem operam meam impartiar, ut alterum mihi modo, qui meus sit comes in Germaniam et ad Caesarem, cures pulchre ligari et una cum tuis ad me litteris ferri, ea quidem lege atque conditione, si ego non persoluero portatori quod codice et ligatura expenderis, non detur mihi sed redeat ad te; quod quidem nunquam sinam; ita enim Pontanus ille te propter factus est mihi charissimus, quo aegerrimum sit mihi carere. Scribes tum tua manu me abs te illo donatum, ut intelligant hij qui tuum agunt negotium dignitatem meam aliquid apud te ualere. Ego itaque, ut in me speras, reddam tibi ad unguem, ut quo tuum excidat possis semel scire. Vale et me tuis quoque litteris inuisa. Cursim. Ex Tergesto. xxvij Februarij anno DVj°.

[Habea]s benigne germanicam rusticitatem meque amicum et unicum fautorem despitias.

Tuus Iacobus Specularis
domini episcopi Tergestini a secretis.

59. Io. Sylvius Amatus.

Ioannes Syluius Amatus iuris utriusque doctor Aldo M. Ro. uiro undecunque eminentissimo S. P. D. [1]

Clausis et obsignatis litteris hesternis necdum Ioanne Zamboskii nec tabellario R^mi Praesulis Plocensis profectis, Constantius noster [2] mecum egit quemadmodum R^mum [3] exorauerit ut per eum sibi liceat in hoc Cracouiensi gymnasio Grammaticen Constantini publice profiteri. Quae res quantum emolumenti tibi imprimis deinde Constantio ipsi allatura sit, qua tu sapientia es facillime potes iudicare. Hodie consuluimus auditores quot libellis opus esset; uno consensu unoque ore retulerunt omnino centum ac nihil minus. Si uero plures ueherentur, uenderentur si ducenti essent. Et ego (qui quantum hi litteras graecas nosce concupiscunt optime teneo) non consulo solum, sed etíam rogo ut quotquot possint prorsus omnino portentur. Erit aditus auspicatissimus ad ueram eruditionem omnium disciplinarum capiendam; sed tu autor et dux nobis unus sis necesse est, si tam grandem prouinciam inire ac consequi uolumus. Quamobrem si miseris (ut confidimus) hos libellos, dabimus continuo uela uentis. Pecunia fuisset iam missa, si Constantio R^mus dedisset; data (non dubites) e uestigio mittetur ad te. Si uereris et mihi credis fide iubeo, nedum polliceor me ad ultimum quadrantem pro Constantio nostro persoluturum. Si

[1] *Ambros. E. 36 inf.*, f. 4. Cette lettre si intéressante pour l'histoire de l'hellénisme en Pologne, et dans laquelle on ne demande pas moins de cent exemplaires, d'un seul coup, de la grammaire de Lascaris, ne porte pas une date absolument certaine; la fin du millésime est rongée. Il nous semble cependant que la lettre est antérieure à la suivante et qu'il faut l'attribuer au 16 décembre 1505.

[2] Cf. lettre 65.

[3] L'évêque de Plock, Erasmus Vitellius Ciolek.

tamen hoc non sedet in animo, poteris hac conditione libros credere et uel praesentium laturo, uel Iacobo aromatario committere, uel cuius qui nunquam det libros nisi habita prius pecunia. Haec tanta non ob eam causam scribimus quod liberalitati tuae diffidamus, sed quia Constantius ipse et doctor et doctus, ac pudens et circumspectus, nollet uideri a te petere quod ambigit an tibi placeat et compatitur tibi quod aliquando, in iis quos ad alias partes transmiseris, non feceris operae precium. Ego uero, quantum coniectura possum prospicere, non dubito te magnum lucrum et nomen consecuturum, quod duce te in his regionibus graecae litterae noscantur, et libri quamplurimi uenundentur, unde non mediocrem questum sis consecuturus. Si enim inceperit hic Aristoteles eloqui, si caeteri auctores, cerno equidem animo supra mille eos in hac uniuersitate et toto regno innumerabiles audituros. Vale meque tibi persuade plusquam nemini et esse et fore deditissimus. Vale igitur et recte quidem. Cracouiae. xvij Ka. Ianu. M.D.V.

Jean Haller.

60. *Spectatissimo uiro Aldo Manutio Romano bonarum litterarum assertori* [1].

Spectatissime uir, etsi nulla familiaris noticia cum prestantia uestra mihi unquam fuit, ut tamen et doctorum hominum copia fieret et propositum nedum prestantie uestre fieret celeberrimi uiri Constantij oratoris eximij in doctos quosque in ciuitate Cracouiensi, utque quod habetis progressum ad rem ipsam cum effectu haberet, post allocutionem ad me factam per eum fatum Constantium, a scriptione litterarum sese prestantie uestre commendando, cum eis ulteriori me continere non potui. Intellexi ex Constantio uos illius intentionis esse ut cum doctiores euaderent scolares in studio Cracouiensi Constantiusque feruentior in studiis resumptionibusque suis eruditioneque scolarum foret, quoscumque libros, cuiuscumque facultatis forent, idem Constantius resumeret, uellet Cracouia uersus remittere, si aliquis bibliopola et uenditor librorum illos suscipere uellet Cracouie, et tandem eisdem uenditis eos uobis soluere. Nunc si dominationi uestre animus est mittendi huiusmodi libros, significo me huiusmodi onus subire et quicquid iuxta scripta sepefati Constantij miseritis, Cracouiam dummodo foro tali taxabuntur per uos quod uendibiles erunt. De uenditis uestre excellentie mandabo. Insuper oro libros hic signatos in carta inclusa [2] cum prefatis libris mittere uelis, in leuiori foro quo fieri

[1] *Ambros. E. 36 inf.*, f. 3. Le latin de ce libraire est aussi mauvais que son écriture.
[2] Une feuille est collée au bas de la lettre:

De magistris 50.
Cartaredum 50.
Offitia Ciceronis cum commento 25.
Epistole Ciceronis cum commento 25.
Kalendaria 100.

possit, de solucione minime hesitando. Oro denique prestantia uestra his meis scriptis noticiam mecum contrahat; duce Deo, in breui cum solus Venetias uenero, ut intendo, personalem inuicem noticiam contrahemus. Valete. Date raptim in uigilia ascensionis Domini 1506.

Iohannes Haller ciuis Cracouiensis et uenditor librorum ibidem.

Jean Lubranski.

61.

Ioannes episcopus Posnaniensis doctissimo Aldo S. P. [1].

Nicolaus Iudecus profecturus Hispaniam scripserat michi te uocatum ad Maiestatem Imperialem, et ita abesse a Venecijs sperans nichil tibi scripseram, nec gratias egi munificentie tue quam in me liberaliter exhibuisti. Tardius itaque ob eam causam scribo et ago immensas gratias, licet et has scribens subdubito ubi gentium sis. Volui tamen fortune committere si hec littere mee ad te peruenture sint. Te rogo fac me certiorem an Venecijs habites, quomodo ualeas. Vale, me ama et saluus sis. Bude. Prima iunij. M° Dvii.

L. Podocatharus.

62. *Doctissimo uiro domino Aldo Romano* [2].

Praestantissime uir uti pater honorande, Mi e accaduto in questi di andando a Padua, doue, perche desidero di farui a piacer, mi arecordai di la facenda uostra circa la qual non ho potuto trouar cosa alcuna, perche le scritture del q. messer Bernardino nostro ho inteso esser di qua in mano di li Pisani del bancho, cio e del mag.co messer Aluise ouero del mag.co messer Lurenzo suo fratello, da li quali essendo alcuna memoria potriti saperla. Non altro. Bene ualete. Venetiis. Die 25 iunii 1507.

Vester Liuius Podocatharus [3].

[1] *Ambros. E. 36 inf.*, f. 9.

[2] *Ambros. E. 30 inf.*, f. 16.

[3] L'auteur de ce billet, parent du cardinal de Bénévent, *Ludouicus Podocatharus Cyprius* († 1505), est probablement le même personnage que l'évêque († 1555) enterré dans l'église San Sebastiano à Venise, sous un monument de Sansovino.

Jean Fruticenus.

63. *Excellentissimo uiro Aldo Manucio*
Latinae grecaeque linguae instauratori patroni suo obseruantissimo.
In apotega di Turri, apresso el ponto Riuoalto, in Venesia [1].

Iesus.

Fruticenus Aldo Manucio suo salutem plurimam dicit. Orator noster quem Venetijs adhuc tecum habes, significauit mihi ut me ex mandato Caesareae maiestatis debeam ad se recipere. Quare, mi Alde, si quid est quod praeter meam commendationem tua ex parte fieri uelis, utere me audacter; tuus enim sum, et ita ero ut plane magis nequeam. Perendie (ut scias) comites mei uolunt abeam. Commendo me tibi et Pisonem nostrum, quem cognoui ex literis ipsius tecum fore breui [2]. Vale cum Aleandro, Scipione [3], reliquisque nostris amicis. Patauij. 15 Augusti M.D.VII.

A.-M. d'Acquaviva.

64. *Ad Aldum Manucium Romanum uirum clarissimum*
atque nobis [int]imum [4].

Andreas Mattheus Aquauiuus de Aragonia Aldo Manutio Romano S. P. D.

Magna sunt, Alde Manuti, de bonarum literarum studiis merita tua quando ii tot annos fuere labores tui in excudendis recognoscendisque cum graecis tum latinis uoluminibus, ut non parum per te homines latini in utraque lingua delectati et locupletati sint; quumque nil aliud continue agas quam in lucem promere detersa rubigine quos nactus fueris bonos auctores, qui diu nescio quo fato uel cuius iniuria temporis latitarunt, et presertim graecos, qui cum a sua expulsi in aliena patria essent minusque auderent prodire, dum a ne-

[1] *Vat. 4103*, f. 13. Sur Fruticenus, cf. lettre 30. On lit, dans l'épître dédicatoire du premier volume des oeuvres de Pontano (1505) adressée par Alde à Collaurius et mentionnée par nous sous la lettre 28, les paroles suivantes: *Quoniam tu plurimum fauisti nobis apud Maximilianum Caesarem pro Academia constituenda, cum Ioannes Fruticenus eruditus iuuenis istic meo nomine accurate rem literariam procuraret, et (qui tuus est amor in literatos uiros et doctrinas) assidue faues, meas esse parteis duxi, ut quo possem modo gratum mihi extitisse officium tuum cognosceres*... (Disons en passant qu'Alde mentionne, dans la même dédicace, des lettres reçues par lui de Mathieu Lang et de l'empereur Maximilien).

[2] Ce personnage doit être le hongrois *Iacobus Piso*, qui se trouvait à Rome le 30 juin 1509; à cette date, il écrivait à Erasme une lettre insérée dans la correspondance de ce dernier (éd. de Leyde, col. 102 A).

[3] Cf. lettre 37.

[4] *Vat. 4105*, f. 14. Une copie se trouve dans les papiers de Morelli, à Venise. L'original est endossé.

mine uel admodum paucis intelligerentur, efficis tu quotidie isto tuo honestissimo conatu, ut exeant in lucem permittantque sese tractari a latinis, unde ex frequenti nobiscum eorum consuetudine sint iamiam complures qui eos et alloquantur et loquentes pro ingeniorum captu accipiant ac non eloquentiam modo, sed in altioribus quoque rebus discant ab eis que prius nescirent uel scirent deprauate. Merito igitur tibi acceptum literati omnes praedicant et se debere fatentur, quod te fautore et uindice non solum loquendi libertatem, sed etiam nitorem illis diu latitantibus accurata doctrina tua restitueris. Inter quos sum ego non tamquam literatus, sed qui semper literatos amarim, qui meam huiusce debitionis partem pro re tanta et tibi pro arbitratu tuo a me exigendam et mihi prompte exoluendam putem, quamquam ea bellorum fortuna ii euentus fuerint, ut in isto nostro remigratu, post restitutam corporis libertatem, laceram et undique discerptam ditionem nostram offenderimus [1]. Offero tamen tibi res meas qualesquunque he sint, immo meipsum; utque tanto fidentius his utaris, iniungimus tibi ne nostra causa pigeat et docere nominatim quos nunc grecos auctores in ista tua operosa officina excussos habeas, quos mihi tamquam denuo in lucem e custodia uenienti eligas, seponas ac precium denuncies, quando pecuniam mox numerandam uel istic ubi es, uel alibi ubi uelis, iubebo. Ad hec quosquunque in posterum tua incude istis tam speciosis formulis imprimendos paras impensa dignos; queso singillatim cuiuslibet auctoris uolumen unum in pergameno mihi excudatur [2], siue magnum siue paruum fuerit, nec enim mora ulla quin pecuniam statim mittam soluendam ad te. Et quamquam uniuersos amo, duos tamen in primis cupio, Platonem scilicet. cuius opera tam et si a Marsilio Ficino uiro in omni doctrinarum genere consumatissimo latina et erudite et eleganter facta sint, multo tamen gratius mihi esset tanti philosophi propriam et patriam uocem audire; deinde Strabonem, nam quem latinitate donatum habemus (ni iudicio fallimur) mancum, mutilatum, corruptum inuenimus, qui si per te una cum aliis et grecus et integer exeat, laudem tibi paries immortalem, et auctoris illius manibus et literatis omnibus facies rem gratissimam. Vale et bonos codices ut facis e tenebris in lucem erue, quos possimus in nostra parua (non tamen prorsus inculta) bibliotheca collocare. Datum Conuersani. ij° Iulij 1507.

[1] Sur la captivité du duc d'Atri, que Gonzalve de Cordoue avait fait conduire en Espagne, voir Mazzuchelli, *l. c.*, I, part. I, p. 119.

[2] Il n'est pas douteux qu'Alde n'ait réservé un exemplaire sur vélin de chacun de ses livres à l'illustre bibliophile, comme il le faisait pour d'autres clients distingués, la marquise de Mantoue par exemple. Ce fait peut intéresser les collectionneurs.

Constantius Cancellarius.

65. *Doctiss. uiro Aldo Manucio Rom.*
bonarum [literarum] instauratori . . . praecipuo [1].

Constantius Cancellarius Aldo Manutio S. P. D.

Hieronymus bibliopola tuas mihi iucundissimas et expectatas literas reddidit; miror quas Leonardo Polono dedisse scribis nondum esse ad me perlatas; incuriae tabellariorum id tribuo qui saepe et negligentes sunt et perfidiosi. Multa tibi grates gratias (*sic*) debeo, pro tua in me liberalitate, quod Hieronymo mea causa libros non paucos credideris. Curabo diligenter, quod quod meum est officium, ut tibi ad praestitutam diem soluat. Si non recte memoria teneo, ut ais, precium quo libros graecos huc perferendos mihi uendere pollicitus uidebaris, nulla me hercule erit controuersia. Facile enim cedam tuae voluntati et commodo, quanquam audiui lucrum quod perexiguum sit et frequens, potius optabiliusque esse quam rarum et magnum. Existimabam praeterea aliquid esse indulgendum extimis regionibus, quod multum pro uectura impendatur et crebra sint uectigalia. Sin aliter tibi uidetur, tecum sentiam. Si quod perbreue et utile opusculum initiatis graeca literatura uel in oratoria uel in poesi formulis excuderes, non ab re tua esset, et multitudini consuleres, quippe quod perpauci in hoc potissimum gymnasio reperiuntur, qui uel Demosthenem uel Homerum integrum coemere possint, utriusque uero aut duos, aut tres libros facile possunt. Quare tu uideris, mihi satis est monuisse. Tale hic fundamentum in graecis literis stabiliui, ut huius institutionis memoria longo tempore sit duratura. Doleo tuis tot tantisque laboribus ad communem literatorum utilitatem ultro susceptis accessisse et litigandi molestiam iniquissimi hominis iniuria [2], quem etsi non noui, quisquis est tamen ubi hoc intellexi, odio eum plusquam uatiniano sum prosecutus. Tu autem hortor, ne cede malis, sed contra audentior ito; uinces, crede mihi, si duraueris. Non pluribus tecum agam, ne te bonis studiis occupatus ineptae orationis prolixitate magis occupem. Vale. Cracouia. Die xxiij septemb. M.D.vij.

Lazaro Bonamico.

66. *Latinarum graecarumque litterarum peritissimo*
domino Aldo Romano communi studiorum assertori. Venetiis.
Ala botega ouer ala casa de misser Andrea da Asola [3].

Λάζαρος ὁ Εὔφιλος Ἄλδῳ τῷ Ῥωμαίῳ εὖ πράττειν.

Τῶν ὑπὸ σοῦ ἐνθένδε ἀπελθόντος προσταγμάτων προὐθμησα μὲν ἑκάτερον ἐκτελέσαι. Ἀλλ' ἕτερον μὲν ἔδωκε πατήρ, ἕτερον δ'ἀνένευσε. Τὸν πὲν γὰρ περὶ

[1] *Ambros. E. 36 inf.*, f. 1. Cf. les lettres 59 et 60, pour le rôle de cet humaniste qui vient de fonder l'enseignement du grec dans l'Université de Cracovie.

[2] Cette allusion serait peut-être utile à éclaicir pour la carrière d'Alde.

[3] *Ambros. D. 385 inf.*, f. 266. Endossée par Alde: *Ex Patauio. 20 oct. 1508. Lazarus Bassianensis tota graeca.* (Ce ms. composé en grande partie de minutes de Bonamico,

ῥητορείας Διονύσιον οὐκ ἔσχον λαβεῖν, ἀπόντος τοῦ Ῥούφου ἐν τῇ ἀνόδῳ συνοικίᾳ. Ἀμμόνιον δὲ ἔλαβον, τὸν εἰς τὰ πρότερα τοῦ Ἀριστοτέλους ἀναλυτικά, ὃν μετ' ἐμαυτοῦ κομίσας ἐνετίαζε δώσω σοι ἐντυπώσειν, οὐ μέντοι πρὶν εἰδῶ πῶς ἔχει γνώμης περὶ Διονυσίου ὁ Ῥοῦφος [1]. Οὐ σμικρά γε νῦν ὄναιντ' ἂν εἰς εὐδαιμονίαν οἱ περὶ λόγους καὶ τὸ ἀληθὲς ἄνευ κόσμου, οἱ διὰ σοῦ ὡς ἄλλης παιδείας καὶ φιλοσοφικῶν βιβλίων εὐπορήσοντες· οὕτω γὰρ τὴν φιλοσοφίαν ὡσανεὶ ὑπό σοῦ ζωπυροῦσαν, ἐλπὶς [γἔπεστι] καὶ εἰς τὸ πάλαι κάλλος ἐκλάμψουσαν καὶ τὸ εἰλικρινὲς καὶ ἄχραντον ἀναλήψουσαν. Πρὸς ὅ, εἰ πώποτε, νῦν τὰ μέγιστα δεῖ θεραπείας, ὅτε δὴ ὑπὸ τύφους καὶ ἀλαζονείας καὶ ἀπαιδευσίας διαφθαρεῖσα μικροῦ δεῖν ἐξέλιπε. Τούτου δὲ οὐκ ἂν τύχοιτις, [εἰ] μὴ πρότερον εἰς φῶς ἀγαγὼν τὰ εὐκλείᾳ τε καὶ σοφίᾳ προὔχοντα τῶν παλαιῶν συγγράμματα. Λέγω δὴ Ἀλεξάνδρου τοῦ Ἀφροδίσεως, οὗ οὔτινα ἁπάντων πλέον εἰς παιδείαν ἀριστοτελικὴν θαυμάσας φαίνεται ὁ ἄνω χρόνος τῶν σοφῶν καὶ μηδένα νομισθῆναι περιπατητικὸν τὸν μὴ Ἀλεξάνδρειον ὄντα. Εἴ τινος γοῦν, τούτου μάλιστα φροντιστέον καὶ μετὰ πάσης ἀκριβείας ζητητέον τἀνδρὸς ὑπομνήματα καὶ μεταδοτέον ἡμῖν. Γίγνοιτο δὲ σοὶ πρὸς τουτὶ τὸ κοινὸν ἀγαθὸν εὐτυχείας τυχεῖν ἱκανῆς καὶ τῆς παρὰ τῶν θεῶν εὐμενείας. Καὶ δὴ καὶ αἱ μοῖραι τὰ τῆς σαυτοῦ εἱμαρμένης εἰς μακρὰ κλώθοιεν νήματα.

Ἔρρωσο. Ἐκ Παταβίου, διὰ τάχους, βοηδρομιῶνος ἐννάτῃ.

souvent en grand désordre, provient, ainsi que le *D. 295* cité plus loin, de la bibliothèque de Gianvincenzo Pinelli).

Pour faciliter la lecture des lettres grecques de Bonamico, qui ne sont pas beaucoup mieux écrites que la lettre 51 et n'offrent guère qu'un thème de latin en grec, nous allons en essayer une traduction :

« Lazaro Bonamico à Alde romain, salut.

« Je me suis efforcé de remplir les deux commissions que tu m'avais données à ton départ. Mon père a consenti à l'une et a refusé l'autre. Je n'ai pu avoir le livre de Denys [d'Halicarnasse] sur la Rhétorique, Rufus étant absent dans son inaccessible demeure [auberge,?]. J'ai pris Ammonios sur le livre I des Analytiques d'Aristote ; je l'apporterai avec moi à Venise et te le donnerai à imprimer. Je ne le ferai pas cependant avant de savoir ce que pense Rufus au sujet du Denys. Ils vont avoir de grandes sources de bonheur, ceux qui s'occupent de la science et de la vérité pure, puisque tu vas les enrichir de livres non seulement dans les autres branches de l'érudition, mais encore en philosophie. On peut espérer de voir la philosophie, comme ranimée par toi, briller de son ancien éclat et revenir à sa vraie pureté. C'est maintenant plus que jamais qu'elle a besoin d'avoir des serviteurs, maintenant qu'elle est corrompue par les fumées de l'orgueil, par la suffisance, par l'ignorance et qu'il s'en faut de peu qu'elle n'ait entièrement disparu. On ne peut la sauver sans ramener d'abord à la lumière les illustres et sages écrits des anciens. Or l'antiquité n'a rien de plus admiré pour la doctrine d'Aristote qu'Alexandre d'Aphrodise et, pour mériter le nom de péripatéticien, il fallait être disciple d'Alexandre. Il faut donc prendre soin de rechercher, avec la plus grande exactitude, les oeuvres de ce grand homme avant toutes les autres et de les faire connaître au public. Je te souhaite, pour l'avantage commun qui doit en résulter, une pleine réussite et la bienveillance des dieux, et que les Parques te filent une longue destinée. Adieu. De Padoue, en hâte, le neuf de boédromion. »

[1] Le livre de Denys d'Halicarnasse a été inséré par Alde dans les *Rhetores graeci*; celui d'Ammonios n'a pas été publié par lui; Alexandre d'Aphrodise a paru en 1513 (cf. lettre 75).

67. *Latinarum graecarumque litterarum parenti domino Aldo Romano amicorum obseruatissimo. Venetiis. Ala botega ouer ala casa di misser Andrea da Asola* [1].

Λάζαρος ὁ εὔφιλος Ἄλδῳ τῷ Ῥωμαίῳ εὖ πράττειν.

Ἀποστραφεὶς ἐξ Ἐνετιῶν εἰς τὸ μουσεῖον τουτονὶ Πατταβίου, πάντα εἶχον δεύτερα τοῦ καταλαβεῖν τὸν πανάριστον Ῥαφαῆλον, καὶ πολλάκις τῆς ἡμέρας ὡς αὐτὸν ἀφικόμενος καὶ κόψας τὴν θύραν οὐκ ἔτυχον εὑρών. Σήμερον δὲ ἕωθεν ἐξαναστὰς [μαθεῖν βουλόμενος] ἅτινα ἐγνωσμένος εἴη περὶ τοῦ μετενεχθέντος εἰς τὴν λατίνην φωνὴν Στεφάνου, αὐτοῦ ἤκουσα ἔτι ἐν κοίτῃ ὄντος. Τριταῖος γάρ, φησίν, ἢ τεταρταῖος εὐθὺ τῶν Ἐνετιῶν σταλήσεται καὶ διαλεχθήσεταί σοι. Τὸ δὲ μέλλον γράφεσθαι τὸν Στέφανον, εἴτε σὺν τῷ ἑαυτοῦ, εἴτε σὺν τῷ σῷ ὀνόματι παρ' οὐδὲν ἄγει. Ταῦτα μὲν ὁ γέρων· σὺ δέ, ἄναξ, μέμνησο ἐμεῖο. Διὰ τοῦ Ῥαφαήλου πρὸς ἡμᾶς πέμψον. Ἔρρωσο. Ταχέως ταχέως.

68. *Spectatae et prudentiae et doctrinae uiro Aldo Romano bonarum literarum et studiorum uindici, perinde ac parenti obseruatissimo. Venetiis. A sancto Luca, in casa di misser Andrea da Asola stampadore* [2].

Lazarus Bonamicus Aldo Romano S. P. Etsi mihi antea mandaras, studiorum antiquitatisque instaurator, ut quoties ad te scriberem graece scriberem, quo ego ad meam exercitationem nihil facere soleo libentius, uolui tamen nonnunquam aliquid latinarum etiam interponere litterarum, ne id parum latinitatis, quod erat in me satis, ut de me dicere liceat, excultum ac elaboratum, effluat atque intereat in hac Patauina barbarie [3]. In qua quidem dum uersor, studeo faciundum quod de Enio Virgilium dicere solitum memoriae proditum est: non te latet « colligo aurum ex stercore Enii »; ego uero ex

[1] *Ambros. D. 295 inf.*, f. 58. Endossée: *Ex Patauio. 30 octob. 1508. tota graeca. Lazarus Bassianensis.* Sur l'adresse, Alde a écrit ce vers qui définit si bien son rôle:

Ianua sum ad doctas cupientibus ire sorores.

Traduction: « Lazare etc. J'ai tourné le dos à Venise et me voici à l'Université de Padoue. J'ai tout laissé de côté pour mettre la main sur l'excellent Raffaello [Regio] et bien des fois dans la journée je suis allé chez lui et j'ai frappé à sa porte sans avoir eu la chance de le rencontrer. Aujourd'hui, m'étant levé dès l'aurore, j'ai voulu savoir enfin ce qu'il avait décidé au sujet de la traduction latine d'Etienne [de Byzance?]. On m'a dit qu'il était encore au lit; dans trois ou quatre jours, dit-il, il ira droit à Venise et vous pourrez causer; quant au titre de l'Etienne, peu lui importe qu'il paraisse avec ton nom ou le sien. Ainsi parla le vieillard: « toi, puissant prince, souviens-toi de moi. » Ecris-moi par Raffaello. Adieu. En hâte, en hâte. »

[2] *Ambros. D. 295 inf.*, f. 57. Endossée: *1 ian. 1509. Da Padua. Lazarus.* Le brouillon de cette lettre est au f. 307 du ms. *D. 385.*

[3] L'enseignement de l'Université de Padoue avait été désorganisé par la guerre de la Ligue de Cambrai de là, peut-être, le mépris de Bonamico pour les leçons qu'il y reçoit.

hac barbarie, quod abhorrere non uideatur a ueris ueterum institutis, aut ab ipsa quam philosophi profitentur ueritate; in summaque res petuntur, uerba non penduntur. Mirum autem est quantum incenderint me ad hoc secreta illa Scipionis cum Phaedro colloquia [1], quae tu mihi, tantum est meae apud te fidei pignus, aperienda censuisti, quae utinam res, ut bona spes est, ita certum hortiatur euentum. Non deero, mihi crede, dies noctesque tum graece tum latine scribendo, ut sin minus possim, coner tamen iudicio tuo caeterorumque literatorum studium non improbatum iri meum; quae uel ambitio, uel industria, uel magnitudo animi supra omnem mihi erit foelicitatem. Sed hactenus de nobis. De tua uero re intellige quae a meo istinc discessu acta sunt. Conueni Ioannem Mariam sacerdotem postridie eius diei, exposui uoluntatem tuam, addidi cohortationes, quibus tantum abfuit ut refragaretur ne multa praeterea receperit se facturum quae tibi ad communem conducent utilitatem, quam imprimis quaeris, in qua uigilias, in qua somnos reponis, cuius tu ut magnae ac laboriosae ita immortali gloria dignae fauoremque ac beniuolentiam Dei tibi conciliaturae, compos fias. Verum ad te omnia arbitror ab illo scripta fuisse copiosius, quam nunc desideres a me tibi declarari; ita enim mihi narrauit se facturum Ioannes Maria sacerdos non religiosissimus modo, sed etiam non minus graece quam latine doctissimus. Cuius quum tua opera nactus sim amicitiam, nonnihil adiunctum puto caeteris quae tibi debeo meritis. Hic etiam se scripturum dixit diligenter quid confectum cum Leonico fuerit, nam antea multo erat hominem allocutus. Tuum sit igitur, quid decreueris facere quamprimum nos certiores, ut possimus munus abs te iniunctum pro dignitate obire. Vale. Ex Patauio. Kalendis Ianuarij. 1509 [2]. Raptim, raptim.

69. *De litteris atque litteratis optime merenti Aldo Ro. perinde ac parenti obseruatissimo. Ferrariae* [3].

Lazarus Bonamicus Aldo Ro. S. P. Breuius ad te scripseram, quod et perquam breue ad scribendum tempus Ioannis sacerdotis festinatio dederat, qui, quum aduentum istuc suum distulerit, fit ut rem ipsam pluribus intelligere possis. Nec tamen priores litteras suppressi, quo non ignorares ne ulli quidem officio defuisse. Graeco hanc sermone epistolam contexuissem, quo genere ad meam exercitationem uti saepe soleo, nisi ea superiori tempore fuisset bellicis tumultibus perturbatio, ut nondum animos ad litteras collegerim uixque haec nostratia suppetant uerba. Sed de iis alias; rem nunc audi. Musuro iniuncta est prouincia quaerendi praeceptorem adolescenti cuidam uerecundo imprimis et modesto et litterarum cupiditate flagranti; sic enim affirmat Musurus, nam quis aliter potuit adducere, ut me ad accipiendam conditionem impelleret? non mediurfidius si totam Ferrariam pollicitus esset. Adolescentem te non solum

[1] Il s'agit de Cartéromachos et d'Inghirami.
[2] 1er janvier 1510, nouveau style.
[3] *Ambros. D. 295 inf.*, f. 56. Endossée: *12 mart. 1510. Ven. Lazarus.*

nosse ait, sed penitus et domi inspexisse; addit et matrem eius prudentissimam foeminam tibi cognitam esse [1], ad quam inclusas dedit litteras tibique reddendi labor delegatur. Quae omnia, quaeque de adolescente, quaeque de parente, de reliqua etiam familia, ita ut asserit Musurus, sic erunt et tibi uidebuntur. Tuo enim consilio uti uolui, nisi prius habueris quam litteras reddere et qua es in omne genus studiorum benignitate matrem alloqui, caeteraque tractare quae ad hanc rem pertinere uidebuntur. Tuis humeris omnia impono, quae quidem sustinebis, utpote qui maiora longe onera studiosorum nomine ab ineunte aetate et subire didiceris et tibi proposueris. Non ingratum, crede mihi, demereberis; nam, ut alia reddendae gratiae desint commoda, lucubrationibus certe et uigiliis non committam, ut de Bonamico Aldus male unquam iudicasse uideatur. Vale, et si uidebitur, nihil enim ad te non reuoco, de salario cum illa matrona confice. Quaecunque egeris, de quibuscunque conueneris, ea rata sancitaque per me quoque erunt. Illud summopere curato ut quamprimum per litteras de iis omnibus certior fiam. Nos, si hoc per te obtinebitur, Ferrariae propediem expectato. Venetiis. Quarto idus martii M.CCCC.VV.

70. *Domino Aldo optimo studiorum atque studiosorum parenti. Ferrariae* [2].

Nuper Mantua allatae sunt literae quibus intelleximus te et Musurum praestantissimam nauasse operam neque ullum in me ornando beneuolentiae locum praetermisisse. Quid enim maius ad meam laudem potuit accedere quam ab iis commendari, qui principes eruditorum et sint et habeantur? Sed in aliud de iis tempus, ubi maius erit ocium, nec tam angustis in scribendo limitibus intercludemur. Tibi nunc subeundum est et illud onus ut, quum ad te Ferrariam statim adnauigare statuerimus, tute ueniamus. Audio obsessas esse uias neque patere nisi qui a regulo Ferrariensi literas obtinuerint; itaque te oro ut nihil prius habeas quam has consequi. Quod sane perquam facile erit Aldo, qui et summa polleat apud omneis gentes auctoritate, et id superioribus proximis diebus Ioanni sacerdoti praestiterit offitium [3]. Me autem istic uidebis quum adeundi tutum iter fuerit.

Lazarus Bonamicus, raptim, raptim, raptim.

71. *Optimo ac eruditissimo uiro domino Aldo perinde atque parenti obseruatissimo. Ferrariae* [4].

Eodem tempore binae abs te literae diuersis tamen temporibus et iam multo ante scriptae redditae Musuro sunt, quarum unae publicae erant, iisque copia flebat secure Ferrariam adeundi. Alteris autem suadebas tu Rauenam

[1] Les lettres 73 et 74 font penser à Margherita Cantelma, dame d'Isabelle d'Este (Cf. *Arch. stor. dell'arte*, 1888, p. 59).

[2] *Ambros. D. 295 inf.*, f. 68. Alde, en endossant cette lettre et les suivantes, nous en a conservé la date: *1510. mense aprili. Ven. Lazarus.*

[3] On voit qu'Alde obtenait pour ses amis des sauf-conduits du duc de Ferrare.

[4] *Ambros. D. 295 inf.*, f. 74. Endossée: *Mense maii 1510. Lazarus de Bassano. Ven.*

soluendum esse, illincque solum in uere uidebaris Ferrariam iter tutum patere. Addebas me Petrum Feretum conuectorem habere posse, quem ipsum nusquam conuenire potui, nam Venetias uenisse familiares eius negant; itaque, et huius expectatione, et quod literae suo tempore redditae non sint nec satis illae ipsae aperte significarent utram nauigarem uiam, aduentum meum distuli. Nunc uero socero tuo uiro optimo affirmante ducis literis recta Ferrariam tuto adnauigare posse, tum me uenturum exploratum habeas uelim, quum uectationis oblata erit facultas. Vale, literarum studiorumque confugium.

Lazarus raptim, ex tuis aedibus.

72. *Linguae calentissimo Aldo Manutio Romano optimo litterarum et litteratorum parenti. Ferrariae* [1].

Lazarus Bonamicus Aldo Manutio R. S. P. D.

Esset tibi omni ex parte satisfactum diligentia mea, nisi legati familiarissimus, qui etiam rumor tota ciuitate emanarat, mihi affirmasset octauo calendas Apriles hinc legatos discessuros. Itaque res mihi non fuit experienda, non enim potuisses in tempore adesse; accedit quod et itinera obsessa latronibus nunciantur. Legati ad Pontificem Rauennam eunt [2]; eò te conferres ubi et tutior eris ac, ut mihi quidem uidetur, de tuis rebus cum episcopo commodius agas; nam finge te cum episcopo Mantuae [3] locutum, sinisse tempora, habuisse qui te apud ipsum commendassent, habuisses enim quum plurimos, tum Aldi nomine quod celebre, quod sanctum ubique est, tum nostra quoque opera. Credis tuos ἀντιδίκους ullam aut ambiendi, aut omnibus modis corrumpendi uiam relicturos fuisse; et sunt, mihi crede, in ea urbe in qua soli regnare uideantur; non te fallunt caetera. Quae omnia huc spectant, ut minime tibi dolendum, aut de fortuna conquerendum sit quod antea legati hinc abeant quam conuenire eos possis. Consule tibi pro tua prudentia. Cum episcopo Gurgensi [4] Rauennam proficiscetur Nicolaus Trapolinus episcopi familiarissimus, tui amantissimus; is tibi studium, operam, gratiam pollicetur suam. Vale cum tota familia, deusque opt. max. felices exitus tuos uelit. Mantuae. Decimo calendas Apr.

73. *Graecas litteras iuxta ac latinas erudito Aldo M. R. tanquam patri obseruatissimo. Ferrariae. A sancto Francesco* [5].

Tumultuarius nuncii discessus tumultuarie effecit ut ad te scriberemus; testor uel musas uel obseruantiam erga te meam, quibus nihil unquam sanctius apud me fuit summa me diligentia usum, cui ad te uestem darem non inue-

[1] *Ambros. D. 385 inf.*, f. 308. Endossée: *1511. Mantua. Lazarus.*

[2] C'est pendant ce séjour de Jules II à Ravenne que le duc d'Urbino assassina le cardinal Alidosi.

[3] Louis de Gonzague.

[4] C'est Mathieu Lang, alors évêque de Gurk, qui fut fait cardinal la même année.

[5] *Ambros. D. 385*, f. 313 bis. Endossée: *Lazarus. Mantua. mense aprili 1511.*

nisse. Non te latent haec tempora quibus omnia redundant latronibus; sed uestis non minori cura seruatur quam si apud te esset. Cupio de te de tuis rebus aliquid intelligere, et an filiolus [1] aliquid addiscat: ne sinas, mi Alde, tale ingenium iacere ut paternae gloriae aliquando mereatur haeres succedere. Vale meque et Cantelmum meum [2] charissimos habe.

Lazarus perinde ac filius, cursim.

74. *Optimo optimorum studiorum reparatori Aldo M. R. amicorum praecipuo* [3].

Tuae ut serae ita optatae ad nos perlatae sunt literae, quibus quidem uoluissem aliquid distinctius de filioli progressu intelligere quam Hilarius mihi narrauerit. Quum enim in eo spes tanta collocata sit, ut, nisi tibi similis succedat, periclitari musas necesse sit, nonne de eo solliciti esse debemus, quicunque infelices has studiorum reliquias colimus, quas uolo et spero tua illiusque opera in pristinam integritatem redactum iri? Trapolinum apud Caesaris legatum tibi adfuisse minime miror; id mihi receperat, id probitas hominis postulabat, id tua plurima in omne genus literatorum merita poscebant. Utinam, mi Alde, ita re facultatibusque ut animo ualerem; efficerem mediusfidius ut perditi homines sentirent quid esset bonos laedere, insontes mulctare, inoxios damnare. Sed nollo me acrius accendere. Te cupio Deumque opt. max. tuis rebus consulere. Aldulumque tuum ad optimam frugem perducere. Vale. Te meae he[r]ae imprimisque Cantelmi mei rarissimi adolescentis nomine inuicem saluto.

Lazarus tuus.

Vestem edulium [?] magistro Sigismundi huius principis fratris ad te ante Hilarii aduentum dederamus; an acceperis, quo potes citius nobis significato. Vale iterum cum castissima uxore, cum optimae spei filiolo, cum Alexandro [4], cum tota denique familia.

Marc Musurus.

75. *Magnifico & Doctissimo Domino Aldo Manutio Romano. Venetijs* [5].

M[co] mio messer Aldo, Quel zouene che sta con li Barbarighj mha ditto come uuj site per comenzar andar drio ala vostra preclara & laudabile impresa fra pochi giornj [6], del che nho gran consolatione, et mha rasonato deli

[1] Manuzio de' Manuzi, l'aîné des enfants d'Alde.

[2] C'est le jeune élève de Bonamico (cf. lettres 69 et 74).

[3] *Ambros. D. 385 inf.*, f. 213. Endossée: *Mense maio. 1511. Mant. Lazarus.*

[4] Le neveu de soeur d'Alde, mentionné dans son testament.

[5] *Vat. 4105*, f 111. — Deux lettres de Musurus à Bonamico, écrites de Venise et adressées à Mantoue, chez le cardinal de Gonzague, se trouvent à l'Ambrosienne, *D. 295*, ff. 40 et 63; elles sont datées *idib. iuliis 1516* et *3 id. sept. 1516*, par conséquent postérieures à la mort d'Alde.

[6] Il s'agit vraisemblablement de la grande édition princeps de Platon, donnée par Musurus chez Alde et dédiée à Léon X; ce célèbre volume parut au mois de septembre 1513.

commentarii [1]. Messer Aldo, facio quello che posso, & quel tempo che m'auanza el metto uolentierj in quela impresa; ma spero ben che in queste uacatione del carneuale hauero mancho da fare & forniro la Topica [2]. Interim facio quanto posso. Si poteste, mandateme per el nostro messer Hieronymo Borgia [3] (perche lho de grandissimo bisogno) Ἰωάννην τὸν Φιλόπονον houra la posteriora [4]. Mi farite cosa gratissima & lo mettero apreso ali altrj obligj. Vale mej memore. V° Ian. MDIX [5].

ὁ σὸς Μουσοῦρος.

Paolo Bombasio.

Un des plus intéressants correspondants d'Alde est certainement Paolo Bombasio (Bombaci), professeur de lettres grecques à l'Université de Bologne, dont la carrière si remplie et si troublée se termina à Rome, en 1527, d'une façon tragique, dans les massacres qui suivirent l'entrée des Impériaux. On a une lettre d'Alde à lui adressée, le 20 avril 1511, qui témoigne d'une grande intimité entre l'imprimeur vénitien et le professeur bolonais [6]. Le deux amis n'avaient qu'une seule maison, quand l'un allait à Bologne, ou l'autre à Venise; Alde particulièrement profitait souvent de l'hospitalité de Bombasio. Plus tard, quand les discordes civiles chassèrent de Bologne notre helléniste, qui avait embrassé ardemment le parti des Bentivogli, Alde employa pour lui son influence et ses relations en Italie, lui chercha une position et tâcha d'adoucir les amertumes de son exil. Erasme, qui avait reçu de lui, à Bologne, des leçons particulières de grec et qui

[1] L'abréviation est ainsi: *comj*.

[2] Musurus parle du commentaire d'Alexandre d'Aphrodise sur les *Topiques* d'Aristote. Ce commentaire, imprimé par ses soins chez Alde, est une édition princeps; l'achevé d'imprimer est du mois d'août 1513.

[3] Girolamo Borgia adresse à Angelo Colocci une lettre de Naples, le 24 avril 1518, mentionnant Sannazzar, Trissino et Lascaris, et un billet sans date qui se trouvent dans notre même collection d'autographes: *Vat. 4104*, f. 71, *4105*, f. 285. Ce poète avait fait ses études à Padoue (Papadopoli, t. II. p. 196).

[4] Edition aldine de 1504.

[5] Cette date équivaut au 5 janvier 1510 (n. st.), si Musurus date à la façon vénitienne.

[6] Publiée par Renouard, p. 519, et Schück, p. 134, traduite en français par Didot, p. 326. (Elle a figuré depuis dans la collection d'autographes B. Fillon). Alde écrit de Bologne, de la maison de Bombasio; il adresse sa lettre à Venise, *appresso al ponte di Realto a la potheca de la Torre, in mano di M. Andrea d'Asola.*

avait pour son caractère une haute estime, essaya, de son côté, de l'attirer en Angleterre, où il eût été du moins à l'abri des rancunes politiques. Bombasio préféra rester en Italie et on le trouve, les années suivantes, cherchant fortune en diverses villes. Une correspondance inédite avec Cartéromachos, que nous signalons plus loin, pourra fournir, de la façon la plus précise, l'histoire de cette période de sa vie; peut-être engagera-t-elle quelque érudit à consacrer une étude spéciale à ce personnage, qui fut et demeura l'ami intime de tant d'hommes illustres et qui fut, en son temps, l'honneur de l'Université de Bologne.

Il y avait à Bologne, au siècle dernier, entre autres lettres de Bombasio, quatre minutes destinées à Alde Manuce et cinq à Erasme, mentionnant Alde [1]. Fantuzzi, qui en a donné une analyse sommaire, dans une bonne notice biographique sur Bombasio [2], nous en apprend assez pour nous faire regretter la dispersion de cette petite correspondance. D'assez longues recherches nous ont fait seulement retrouver les traces de deux lettres à Alde: elles ont passé toutes les deux dans la vente Riva, à Paris, en 1862 [3]; l'une est datée de Venise, 4 novembre 1509, et nous en ignorons le sort actuel [4]; l'autre n'est pas datée, mais une mention relative à Erasme nous permet de l'attribuer au mois de mai ou de juin 1509, elle est aujourd'hui à la Bibliothèque Nationale de Paris. Pour suppléer en partie aux autres

[1] Notamment une lettre du 6 avril 1508, adressée à Erasme pendant son séjour chez Alde; Bombasio leur recommande un certain Merlino, et s'intéresse à leurs travaux: *Tuae tragoediae*, dit-il, *haud ita pridem distrahi ceptae fuerunt.* Il ne s'agit point là, comme le croit Fantuzzi, de tragédies composées par Erasme et demeuré inconnues, mais tout simplement, ainsi que l'a déjà fait remarquer M. Malagola, d'une traduction en vers composée par Erasme de l'*Hécube* et de l'*Iphigénie à Aulis* d'Euripide et parue chez Alde quelques mois auparavant.

[2] *Notizie degli scrittori bolognesi raccolte da Giovanni Fantuzzi*, t. II, Bologne, 1782, pp. 176-177. Ces autographes se trouvaient dans la collection de Giacomo Biancani.

[3] *Catalogue de lettres autographes de personnages illustres de l'Italie, provenant du cabinet de M. Ch. R[iva], de Milan*, Paris, Charavay, 1862, p. 12. La lettre d'Alde à Bombasio figurait dans la même vente et a repassé l'année suivante dans la vente Succi (Charavay, 1863).

[4] Elle fut achetée par le libraire milanais Tosi, suivant ce que nous apprend M. Etienne Charavay.

de Bombasio à Alde et pour donner en même temps un spécimen de ses lettres à Cartéromachos, nous publions deux de ces dernières, où se trouve prononcé le nom de l'imprimeur, leur ami commun. On verra quelle place tenait la politique contemporaine dans les préoccupations des humanistes du temps: leurs travaux recevaient le contre-coup des évènements qui désolaient alors l'Italie et qui forçaient Alde lui-même à suspendre ses publications.

76.

Paulus Bombasius Aldo suo carissimo s. d. [1]

Qui hasce tibi reddet, preterquam quod hospes ac contubernalis est meus, mihi summa beniuolentia et amore coniunctus ob morum quam pre se fert urbanissimam suauitatem; is Ferrariam uidere animo iampridem gestiebat, cum ob alia pleraque, tum ut Aldum illum bonarum literarum uindicem uidisse aliquando gloriari posset. Tu hominem qua soles studiosos omnes humanitate prosequeris, et si qua poterit accessio fieri mea causa rogo superaccedat, ne inane prorsus mearum literarum pondus fuisse intelligat, cum presertim sibi persuasissimum habeat me tibi tam carum esse quam qui maxime. Summam eius uotorum habes, quae citra uerbosam rogationem meam expleturum te scio.

Erasmus [2] noster nudius quartus Roma profectus apud me diuertit, nec, ut preter unam noctem mecum esset animum inducere potuit. In Britanniam suam properat a suo (ut ait) Maecenate haud paruis condicionibus accersitus. Animus illi erat ut istuc diuerterit ac te uiserit; aiebat namque aliqua scripsisse quae tua cura uellet imprimi [3]. Mox nescio quo pacto mutatus per epistolam

[1] Biblioth. Nat. de Paris, *Nouv. acquis. lat. 1554*, f. 18 (minute autographe). La lettre, écrite de Bologne, est adressée à Alde à Ferrare. La date, mai-juin 1509, nous est fournie par la mention du passage d'Erasme à Bologne, au moment où il retourne en Angleterre, à la fin de son séjour en Italie. Cf. *Erasme en Italie*, p. 92.

[2] Le nom d'Erasme ici et plus loin a été effacé à l'encre par un lecteur; cette sotte mutilation n'est pas rare dans les livres imprimés du seizième siècle; elle est curieuse à noter sur un autographe de cette nature.

[3] S'agirait-il de l'*Eloge de la Folie* qu'Erasme composa précisément pendant son voyage de retour en Angleterre et qu'Alde eut un moment l'intention d'imprimer? — Puisque l'occasion s'offre à nous de rappeler une fois de plus les rapports d'Erasme avec Alde, nous citerons sur ce sujet un nouveau témoignage. Il emprunte quelque intérêt au nom et au caractère de l'auteur, le prince de Carpi, qui fut, comme on le sait, un des ennemis les plus actifs d'Erasme. Il écrit de Rome, vers 1526, longtemps après le voyage de l'humaniste hollandais: *Velim tibi [Erasme] persuadeas me semper beneuolo ac peramanti animo erga te iam ab annis compluribus fuisse, ex eo nimium tempore quo apud uirum optimum et de litteris optime meritum Aldum nostrum Venetiis diuertebaris; tunc enim primum ego adolescens audiui Erasmi nomen ab Aldo commendari et, ni fallor, etiam te uidi et Thomam Linacrium* [sic] *uirum praeclarum itidem Aldi contubernalem, deinde crescente in dies laudis tuae fama amor etiam augebatur.* (*Alberti Pii Carporum*

tecum omnia transacturum dixit, potius quam ut comites relinqueret ac uie dispendium faceret. Illum ego quasi nunquam uisurus, nec ab eo uidendus unquam, subtristis dimisi [1]. Carteromachi spes haud mediocriter me solatur, qui propediem apud nos erit et Erasmi desiderium aliquantisper fallet [2]. O si Aldo fatum esset ut ternus e caelo quasi diuinitus aduentaret, quid me uno felicius? Sed si tu tardigrada ac domiporta testudo ad nos uenire grauaberis, nos fortassis ad te conuolabimus. Vale et Federicum [3], si forte istic est, una cum Bonauentura meo nomine saluta. Hilarius se tibi commendat et mihi ne rem tibi gratam facere desinat commodisse seruit, implicitusque a me uel ob id amatus quod tui frequentem gratamque memoriam seruat. Vale iterum.

77. *Doctissimo utriusque lingue meo domino Scipioni Carteromacho de Forteguerris amico car.*^{mo} *In Pistoia* [4].

Carissime frater, infinite salutem. A 24 ui scrissi una mia nela qual ue auisaua che la notte sequente si douea partir lo exercito insieme col duca. Hano differito insino al alba de hogi, tandem abierunt; uanno in Lombardia e dubitasi ne quid in Gallico exercitu noui supersit, adhuc dicesi essere in Asti non con tanta perdita quanta se dicea, nisi forte nos γαλλίζοντες aliter somniamus quam uos istic iactatis. Vtcunque noi stiamo in tranquillita grande et meliora speramus adhuc [5]. Io per ancho non ho parlato col R.^{mo} uostro, tanti sunt adeuntium fluctus; ho parlato col gonfaloniero, Iac.^{o} Maria del Lino, Angelo de Ranuci et

Comitis illustrissimi ... tres et uiginti libri in locos lucubr. uar. Des. Erasmi quos censet ab eo recognoscendos et retractandos. Impressi prelo Ascensiano ... [Paris, 1530, avec des vers liminaires de Floridus Sabinus], fol. II v° B). — *Quo capite [de grammaticis] etiam nominatim ingrate nimis taxas ac irrides Aldum nostrum uirum sane nunquam satis laudatum, citra cuius contubernium certe nunquam tu tam bellus fuisses. Negare enim non potes quin Venetiis apud ipsum agens, cum illius officinae ministrares, in utraque lingua multum profeceris. Aldum, inquam, bonorum authorum restitutorem graecaeque linguae propagatorem qui eam fere uetustate collapsam ac barbarie obrutam e tenebris eruit, probatissimos illius authores undique publicando, uirum eruditissimum ac optimum a litteratis omnibus perpetuo suspiciendum taxas, eoque grammaticam suam pluries ediderit, quasi tu non idem effeceris, fere in omnibus lucubrationibus tuis, praesertim in Adagiorum uolumine, quod in dies fere locupletasti, et quia omnium scriptorum compendio grammaticam artem de nouo scribentium studiose perlegeret; nec uereris uirum tam beneficum erga studiosos, tam doctum et pium sanctisque moribus praeditum tuumque hospitem, et uelis nolis quodam tempore tuum herum, fatuum et insanum dicere.* (*Ibid.*, fol. LXXIIII D). Toute cette attaque du prince-pamphlétaire vise, avec une mauvaise foi évidente, un passage très innocent de l'*Eloge de la Folie*. Cf. *Erasme en Italie*, p. 94.

[1] Sur la tendre amitié d'Erasme et de Bombasio, dont nous trouvons ici une touchante mention, voir *Erasme en Italie*, p. 23, et le *Ciceronianus* (*Erasmi opera*, éd de Leyde, t. I, col. 1010 F).

[2] Cf. lettre 39.

[3] Peut-être Federico Torresano d'Asola, beau-frère d'Alde.

[4] *Vat. 4105*, f. 296.

[5] Bombasio écrit à son ami, deux jours après, le 28 juin 1512 (f. 287): « Di nouo li Francesi se retiranno in Asti al numero di 500 lance et fanteria nessuna, con grandissima

molti altri; tutti laudano che io sia tornato et confortano che Iacomo et Ludouico anchor soprastiano per molti rispetti; io non dormiro circa il fatto lhoro [1]. Io ho tocto denari de la lettura, X per cento [2]. Io ue expetto a far bon tempo.

Aldo nostro se ne ito a Venetia cum tota familia et ipsis ut aiunt penatibus; non dubito che fara qualche bene [3]. Georgius noster, ille philoplutarchos nec φιλοχρήματος minus, mi ha scritto da Roma semiplorans mei et litterarum grecarum desiderio, atque Augustum illum non ita sibi aures implere ut nos olim faciebamus; io li rescriuo che state redeat, credo haueremo bello studio per che molti altri concorreno. Dite à Iacomo che io non li scriuo directiue a luj, accioche ogni homo non sapia doue che sia, ma a uoi, il qual li mostrareti le mie, cosi etiam a Ludouico, et partendoui date ordine che le lettere scritte a uoi siano rese a lhoro non altro. Raccomandatime a tutti li amici nostri et uostri. In dies te expectabo. Noi habiamo pagati quatro milia ducati al duca de Vrbino per aquietarlo. Bononiae. 26 Iunii 1512 [4].

78. *Doctissimo utriusque lingue uiro D. Scip. Carteromacho amico [carissimo]. Romae* [5].

Quod mihi de Aluiano [6] nunciasti pergratum certe fuit; quod uero te ad paternos fines migraturum significasti molestiam mihi attulit non mediocrem, nam, preterquamquod omnem tuae ad nos profectionis speculam mihi prae-

paura de Suiceri, li quali non li lassano respirare et tiensi per certo che li forairano, adeo che non abibit nuncius. Il uescouo di Lodi e intrato in Milano gouernatore... Il numero de Suiceri e cosa incredibile! » Le 5 juillet: « Heri facessimo allegreza solennissima de Franciosi cacciati d'Italia et uccisi questi. » Il s'agit de la retraite momentanée de l'armée française à la suite de son inutile victoire de Ravenne (11 avril).

[1] Voir, sur ces deux *fuorusciti*, divers passage de la même correspondance, et notamment la lettre du 28 juin: « Dice a Iacomo e Ludouico che i longo parlar col Legato. Ho fatto mentione del fatto suo, dice che sopresadano tanto che uengi risposta de Roma sopra tal materia, perche molti altri sono in questo termino et che ha scritto al Pappa per dimandarli quid super hoc uelit. »

[2] Le 20 avril précédent, Bombasio avait d'autres espérances; il écrivait: « Il nostro Iacobo Crucio e pur condotto a Luca, come qua si dice. Me auisate del suo profecto che in uero non l'ho discaro. Credo intrare in loco suo si del salario come anchor dela lectura matutina. »

[3] Au milieu des inquiétudes publiques, les travaux d'Alde avaient subi un temps d'arrêt assez long. Il s'était rendu l'année précédente à Ferrare (cf. lettres 69 et suiv.); pour l'année 1512, sur laquelle les renseignements faisaient défaut, nous apprenons par Bombasio qu'il avait fait un nouveau séjour dans la même ville. Bombasio écrit en effet à Cartéromachos, le 18 mai: « Messer Aldo sta in Ferrara; sua molglie sta molto male secundo mi scriue Gaspar de Beccharij... » Puis, le 29 mai: « Del nostro Aldo non ho poi inteso altro; facio pensier di scriuerli per una di Gasparo de Becharij, il quale non essendo in Ferrara sapra al men che sia quo uolauerit cum sua Academia. Ho domandato de li Rhetorici; ce sono al precio de tre ducati; se uene piace, mandoroueli a uostro piacere; il commento di Hermogene uende uno ducato, sicho la suma e ducati 4. » (*Vat. 4105*, ff. 290 et 291).

[4] La signature manque.

[5] *Vat. 4103*, ff. 26-27.

[6] Le général Bartolommeo d'Alviano venait d'être mis en liberté par les Français, au moment de leur alliance avec les Vénitiens.

secuit, dulcem hanc nugandi subinde uoluptatem tua istec domuitio uidetur ablatura; nec est quod tam egregium congerronem mihi alicunde inueniam, nam Raymondos et Boerios [1] apage, quibus nec pumex quidem ficcior esse potest. Quod mihi a patria litteras polliceris, id nescio quo pacto lentum uidetur fore, quippe quod per tot manus eat necesse est; sed quantum mihi eorum locorum iniecisti desyderium, quantamue patriae pene oblitae recordationem incussisti, ut uix me contineam quin istuc aduolem, publica iam lectione solutus, ac tecum expostulem quod me saltem ut comes tibi et hospes fierem non subinuitaueris. Cum quo quaeso ridebis, iocaberis ac demum inepties? cum Nouello arbitror et Michelangelo [2]; sed tu forte ad seria uadens ferre tecum supercilium istum Romanum statuisti, ac propterea me neglexisti quasi minime superciliosum, nasutum uero satis. Quod si ita est iudicium tuum non usquequaque improbandum puto. Vellem te tum maxime audire, cum apud ciues tuos de me uerba facies et uera falsis permiscens ea praedicabis que rumpant ilia Codro. Perbellam omnino habebis alazonis illius arrogantiam contundendi, cum dices a me deiectum prostratumque hunc fuisse longe doctiorem, quia operae precium aliquod apparebat, cum ibi nulla omnino cur pugnare uellem ratio esset, solereque nos doctiores illis consimiles esse canibus, qui aduersus feras tantum nobiliores certant, damnas ac lepores et id genus alia nec respiciant quidem. Sed ego ineptus qui talia tibi suppetam, penes quem huiusmodi nugarum laetissima solet seges esse; tu si me amabis, hanc partem non negliges, quae ad te ipsum quoque nonnihil attinet, qui et ibi tacendi et hic loquendi auctor mihi fuisti. Ad me autem uerbose ut solet omnia significabis.

Laomedonta nostrum [3] obiter quaeso decem comites secum fertas quantum potes deuora ac scorpionis more aliquid de nobis in fine iacta, quod hominem alioquin stupidum pauxilum excitet. Ptolemeos fratres meo nomine salutabis multum. Pistorij quos mihi amicos nosti salutem illis plurimam dicito, formosissimos, nobilissimos ac doctissimos, iampridem scis me nihil morari; abate nostro nimis ut uides exoleto cui utamur usui nescio, nisi ut de inimicis nostris obloquatur ut consueuit aperte.

In Vrbem redeo quam tu relinquere paras, ubi si per Graeculos istos instituetur academia, possitne nos tanta urbs capere nescio, stomachum certe meum uix capiet [4]; an parum erat multos istic uidere quos nolles, nisi lumina

[1] Ces personnages sont également mentionnés dans la lettre du 8 juillet 1513. Un Raimondo est nommé à la fin de la présente lettre. Quant aux *Boerii*, ce sont, à n'en pas douter, les deux jeunes gens Giovanni et Bernardo, fils de Battista Boerio, médecin du roi Henri VIII d'Angleterre. Erasme les avait accompagnés en Italie, où ils se rendaient pour leurs études, et il avait séjourné avec eux à Bologne, en 1507; c'est là qu'ils s'étaient liés avec Bombasio.

[2] Peut-être Michelangelo Tonti, *Tontius*, correspondant de Cartéromachos en 1510 (*Vat. 4105*, f. 312).

[3] Voir, sur le personnage ainsi désigné, les autres lettres latines de Bombasio; cette première ligne paraît d'ailleurs incompréhensible.

[4] Bombasio avait eu à se plaindre des grecs, trop favorisés selon lui aux dépens des hellénistes italiens. En 1511, pendant qu'il était, pour sa santé, aux bains de Sienne, sa

quoque orationis regnum tenentia quottidie non perstringerent? Aldum suspicor omnino exclusum iri, ut ei sit satius libros imprimere, ne lucri occasionem perdat, quam tenuem gloriole fumum sectari. De Pelopidis nostris consimilia mihi significauit Bargelinus noster, quae puto iam conuenisti, et ab eo quicquid tuae interesset rei plane resciuisti [1]. De Gozadini causa sapienter fecisti, qui cum uinci liceret X annos litigare noluisti; cupio rem tuam quecumque est ad umbilicum deducas tandem, ut aliquid sciam; hactenus enim ne suspicari quidem facile possum quid illud sit quod tanto molimine paras; si praesens essem me scio nihil celares; ut opinor autem litteris credere non satis audes; puto aliquid esse coniurationis, cum te in Ethruriam properare uideo, ut scilicet homines ibi rerum nouarum cupidos promissis solicites; quod si tibi ex animi sententia successerit, in partem praedae quamuis non uocatus ueniam et tunc plane Regulus fiam, quod mihi ex uestra ista disciplina iam polliceris. Age, Carteromachus esto.

Pulchellum miror in pedagogiam incidisse, ut credam lucri spe magna id fecisse, sed quam nullius naris erit hic noster heros, nisi olfaciet quamprimum literulas istas tam putidas. Piomarianum istum dialogum quicunque est boni consulo, etiam si qualis sit non uideam [2]. Quid Turcae Scythaeue moliantur, quandiu procul sunt a nobis, haud magni facio neque mehercule

chaire de grec à l'Université de Bologne fut confiée à un grec, grâce aux intrigues de ses adversaires; au retour il trouva la place prise, ainsi qu'il le raconte à Erasme dans une lettre du 15 décembre 1511 analysée par Fantuzzi (*Notizie*, t. II, p. 176). Une autre lettre, peu postérieure à celle que nous publions et écrite quelque temps après son arrivée à Rome, revient sur le même sujet et fait allusion au Collège Grec de Léon X, dont il est question dans une des notes suivantes: « Non item Graeculis istis accidit, quos non doctos modo ut deceant, sed rudes quoque ut doceantur, a Pontifice Maximo accersiri uidemus, cum nos uelut hibridas magnifaciat nemo, quam nostri uilitatem si sublatam nolumus, unicum uideo remedium presto esse, ut nos graece doctos negemus esse et in latinorum partem concedamus, dignam illam quidem quae a nobis tanta expetatur ope, ut quae tam praeclaros faciat uiros et quasi fungos una tantum nocte in lucem proferat. Non transfugas dicent plerique; at nos nobis plaudemus, si modo nummos in arca dabitur contemplari. » (*Vat. 4103*, f. 30).

[1] Pour aider à éclaircir ces allusions, nous transcrivons ici le début de la lettre du 26 juin 1513, intéressant d'ailleurs par les mentions politiques:

« Saluus sis, Carteromache. Quae primo illo rumorum tum uera tum falsa nobis nunciata fuerunt, pluribus tandem nuncijs discreta magis atque distincta apparent, Gallos uidelicet equites amissis tantum tormentis impedimentisue una cum peditatu omni fugam uersus Alpes arripuisse, id quod in tuis quoque litteris legi. Doleo mehercle fabulam non ad ultimum usque actum productum fuisse, quicquamue ex tam lauto conuiuio reliquarum superfuisse, quae nisi absumentur negocium facescent iterum. De Pelopidis nostris ultra esse audio quae tu ad me nunciasti, litteras namque ad me misit Bargelinus noster Hippolytus, quae Romae plures non dies modo sed etiam menses fuisse, neque te uidisse aut abs te unquam uisum fuisse tam sum miratus ut obstupuerim; is ad nos quaedam scripsit, quae ut ab eo diligentius intelligas tua interest; ait enim protonotarium Bentiuolum Romam prope diem uenturum, ét a Pontifice sua omnia et suorum quoque sacerdotia impetraturum... » (*Vat. 4103*, f. 28).

[2] Nous ne nous chargeons point d'expliquer ces allusions aux petits évènements littéraires de Rome. On les trouve reprises dans la lettre du 13 août (f. 30).

maioris facere debeo quam reges qui uires inter se quottidie collidunt. Idem tu facias moneo. Pontificem [1] tot inter mala carmina dormitare quis miretur, qui sciat id optimum pessimae rei refugium esse? quid si ursus esset ac non leo? cui uos inclamare deberetis aliquando: τί κνώσσεις, μεγάθυμε λέων;

Recte Lascharis noster facit qui Italiam potius quam barbaros disciplina militari imbuere cogitat, idque Medicum auspicijs quibus nulla posset esse auspicaciora [2]. Sed quam uellem te herbarium uidere adonios et hortos speculantem? nisi forte magis ea contemplaris quae adonijs incumbunt et herbarie te perscrutationis pretextu uelas, quanquam te calores aestiuos formidare credo, neque Veneri potius quam Baccho sacrificare uelle pro certissimo habeo, quod equidem laudo idque et ipse facis.

Tuam de morbo regio interpretationem [3] ut libens et audiui et approbaui, porro Tyresias omnes prae te uno contemptos dimittam; sic dij tue faueant interpretationi. In posterum litteras ad Raymondum nostrum mittam, neque cessabo quicquam, modo intelligam eas ad te perferri, ne tam lepidae aut non penitus ineptae inter nos nugae foras emaneant.

Ad Raymondum piget scribere; tu meo nomine illi nuncupabis libros quos uolebat nequaquam hic uenales esse, sed me tamen sperare eos alicunde, quos si forte habuero ad eum gratis mittam, si quidem gratis mihi pollicitus est eos mihi quidem non uulgaris amicus. Tuas ad te pecunias hactenus non misi, quia breui sperabam quendam mihi ualde familiarem ad uos uenturum; sed ut uideo antea discessurus es, quid ego me tibi comendem? quandocunque profecturus es, ita felix ut nostri memor uadas. Amicis me omnibus comendatum facias, maxime uero Seripando [4] ac Colocio [5]. Vale ac me ama. Neapoli. VI. Non. Jul. MDXIIJ. Tuus Paulus B. [6].

[1] Léon X.

[2] Jean Lascaris avait quitté le service de Louis XII et des « barbares »; il était occupé à fonder à Rome, sur l'initiative de Léon X, le célèbre Collège Grec du Quirinal, où devaient être élevés de jeunes grecs. Le 6 août de cette année, Bembo écrivait à Musurus, au nom du pape, de s'entendre avec Lascaris pour faire venir de Grèce une douzaine d'enfants, ou même plus, pour inaugurer l'enseignement. Cf. Legrand, *Bibliographie hellén.*, t. I, p. CL.

[3] Cf. le *De cane rabido* dédié par Cartéromachos à Colocci et publié pour la première fois par Ciampi, à la fin des *Memorie di Scip. Carteromaco*, Pise, 1811, d'après un ms. du Vatican. Ce ms. doit être le *Vat. 5194* (texte original possédé par Colocci) ou le *3900* (copie au f. 93), deux recueils médicaux à consulter aussi sur N. Giudeco.

[4] Est-ce Antonio Seripandi, plus tard cardinal et protecteur de Paul Manuce?

[5] Dans une lettre du 15 août 1513, très curieuse comme récit de son séjour à Rome, Bombasio parle plusieurs fois de Colocci, qui s'employait à lui trouver une place. Voici deux de ces passages: « Collocius Pucium mihi laudat eumque mea causa se ambiturum pollicetur; sed pudendam uide doctorum condicionem, quandoquidem eos ambire quibus seruiant oportet; quod si non frustra saepius fieret, magis utique tolerandum esset ac multo minus dolendum... [C'est bien l'*animus minime subiectus* qu'Erasme admire dans Bombasio.] Crastina die apud Corycium germanum tibi notum sum futurus in prandio cum plerisque alijs doctis, inter quos Cataneus erit, apud illum (sicut audio) princeps; uocatus fuit et Collocius. » (*Vat. 4103*, f. 130).

[6] Voici, dans l'ordre chronologique, la liste des lettres de Bombasio à Cartéromachos conservées dans nos manuscrits:

Pietro Candido.

79. *Domino Aldo Manutio Romano uiro doctissimo et maiori suo honorandissimo. Venetias* [1].

Messer Aldo mio amantissimo, Io ue ho scripto piu mie, desyderoso d'intendere di uostra salute et di uostro essere, ne mai ho hauuto uostre. Vi prego m'aduisiate di uostro essere, benche del Biondo intendo state ben et attendete alle impressione, il che mi piace assai. Nel Demosthene non manca cosa alcuna, et in quel di San Marco ui sono falsi tituli, di che mi sono [ac]certo nuper et hone fatto buona nota, siche nel uostro e tutto quello si troua et qui; apresso se l'opere del Tertulliano fussino al proposito uostro, ho un le transcriueria di continuo. Pero pensateui et prouedete qui al bisogno et io ci usero ogni diligentia, et se in altro posto similmente, nunquam defuturus pro clarissimis tuis studiis, Alde humanissime persuauissimeque. Noster Scipio nuper fuit Pistorij apud suos, miror me ab . . . stimo sia sano. De libri transcripto . . . bisognando ui prego ordiniate, io hebbi quelli per Scipione me conmandati, ma furono ritenuti per Lucantonio. Bene uale. Florentiae. Cal. Augustis 1509.

Tuus Petrus Candidus, Prior Cap. ... ord. Camald.

1. *Vat. 4105*, f. 293: Bologne, *prid. Kal. apr.* 1511.
2. » f. 295: » *IV Kal. sept.* 1511.
3. » f. 297: » 25 décembre 1511.
4. » f. 292: » 20 avril 1512.
5. » f. 290: » 18 mai 1512.
6. » f. 291: » 29 mai 1512.
7. » f. 288: » [24 juin 1512], datée par la lettre suivante.
8. » f. 296: » 26 juin 1512, notre lettre 77.
9. » f. 287: » 28 juin 1512.
10. » f. 289: » 30 juin 1512.
11. » f. 298: » 5 juillet 1512.
12. *Vat. 4103*, f. 28: Naples, *VI Kal. iul.* 1513.
13. » f. 26: » *VI non. iul.* 1513, notre lettre 78.
14. » f. 39: » *VIII id. iul.* 1513.
15. » f. 30: Rome, *idib. aug.* 1513.

On trouve des lettres du même savant à Colocci, non datées ou datées de 1524, au *Vat. 4104*, f. 69, et au *4105*, ff. 200, 277, 820, 284.

[1] *Vat. 4105*, f. 106. L'auteur de cette lettre est un humaniste assez connu qui faisait des transcriptions pour Alde, et dont il est question dans les lettres de Cartéromachos, 32 et suiv. Il était en relations avec Cartéromachos depuis fort longtemps, comme en témoigne, dès 1503, une lettre d'un ami commun (*Vat. 4103*, f. 61). Une lettre de lui à Cartéromachos est datée de Florence, 21 fév. 1511 (*4105*, f. 307). Pour celle que nous publions, la mutilation de la marge ajoute à la difficulté du déchiffrement; nous avons pris le parti de supprimer le début du post-scriptum, relatif seulement à des titres de discours grecs.

... Sic se res tulit. Ego, Alde humanissime, sic totus tuus. Se posso cosa qui per uoi comandatemi. Alpresente ho in mano il Quintiliano fu del Politiano, qual e molto castigato et in margine ha di buone adnotationi. Se acadera ui mandi le sue in quello emendationi, lo faro perche ne piglio copia.

Marco Marcello.

80. *Excellenti uiro domino Aldo Manutio Romano tanquam patri optimo honorando* [1].

Minime tibi mirum uideatur me nihil antea tibi scripsisse; nam quod scriberem, praesertim quod tua praestantia dignum esset, non habebam. Ceterum cui literas ad te tuto darem neminis potestas unquam mihi fuit. Nunc uero nactus occasionem plura tibi scriberem, nisi ego istuc essem uenturus; id quod breui futurum puto. Vale meque tibi comendatissimum habeas oro. Datum Veicetiae. Decimo sexto calendas septembris MDviiij.

T. E. Marcus Marcellus tui obseruantissimus.

Mario Equicola.

81. *[Cl]arissimo D. Aldo meo* [2].

Clarissime uir, Al mio partire di Ferrara, il quale fo repentino, me parlarno li Strozi facendomi intendere che la Illustrissima S. Duchessa haueua electo uoi, il quale hauesse ad corregere le opere del mio Messer Hercule Stroza [3]. Laudai la electione summamente et del mio Messer Aldo parlai como meritano sue excellentissime uirtu, lettere et bonta. Ve prego me uogliate dare auiso quel ne e sequito, che me serra cosa gratissima. Al Mons. me recomando. Tu bene uale cum nato. Mantue. X Martij 1510.

Il uostro Mario Equicolo.

[1] *Ambros. E. 36 inf.*, f. 6. Ce personnage nous est inconnu.

[2] *Vat. 4104*, f. 51. Endossée de la main d'Alde: *Marius Equicolus. Mantua die 10 martij 1510.*

[3] Alde fit paraître, au mois de janvier 1514 (n. st.), les poésies latines de Tito Vespasiano Strozza et de son fils Ercole. Il dédia l'édition à la duchesse de Ferrare, *Diuae Lucretiae Borgiae,* dont il rappelle la bienveillance envers l'Académie. Il dit avoir entrepris l'impression à la demande des frères d'Ercole Strozza, pendant son séjour à Ferrare, *posteriore anno* (cf. lettre 77).

82. *Al clarissimo et eruditissimo Messer Aldo Pio Romano. In Ferraria* [1].

Clarissime D. Alde, Messer Demetrio Moscho homo (come sapete) et optimo et eruditissimo ha una sua comedia da esso elaborata assai [2], et multo piace ad tucti che de la litteratura greca han gusto, maxime ad messer Lascari nostro, qui cum hic esset laudanter laudauit. Messer Marco Musuro anchora la commenda sopra modo. Per ho alcuni amici del predetto messer Demetrio, fra quali io non me reputo de minimi soi amantissimi, lo hauemo pregato ad uolerla publicare et farla stampare. Responde che una uolta ne parlo con uoi, et che non so che parole ui furono de intitularla al signor Alberto [3]. Messer Aldo mio, quando ue piaccia stamparla con la uostra solita diligentia, farrete piacer ad multi gratificando messer Demetrio, et so certo la spacciarete ad furia. Aduisatemi che la farro mandar in uostre mano correctissima, et per che sete homo de distictione et conscientia, contentarete il nostro messer Demetrio de uostri librj greci, che pigliara omni cosa, et de questo non solo ad tucti noi de qua, ma so certo che alla s^{ra} Marchesana [4] serra cosa grata. Io sono tucto uostro, et ad' V. M. me recommando. Mantue. XV iunij 1510.

Mario Equicolo.

César d'Aragon.

83.

Caesar Aragonius Aldo Manucio S. [5].

Quod diligenti inquisitione ac precio inueniri mandaueram, abs te tandem gratissime recepi, idest libellulum per omnia graium, per quem ego possim laudes Virginis Matris graece decantare [6]. Est enim pulcherrimus et placet nimium, cum ob speciosissima grammata uariis apicibus ornata, tum eciam quia grecorum more instructus est. Ago immortales gratias sciatque Manutius habere Caesarem promptissimum in quauis fortuna, persuadens sibi quod, ob graecarum amore literarum ac eciam ob tuam beneuolentiam, erit mihi dictus

[1] *Vat. 4105*, f. 105. Lettre publiée par le marquis Campori, *l. c.*, p. 138. Endossée: *15 iunii 1510. Mario Equicolo.*

[2] Cette comédie est la Νέαιρα, publiée à Athènes, en 1845, par Moustoxydis, et à Hanovre, en 1859, par Ellissen, d'après le seul manuscrit connu, *Laurentianus LIX, 34*. Cf. Legrand, *Bibliographie hellénique*, t. I, p. XCII. La lettre d'Equicola apporte une contribution utile à la biographie si obscure de Démétrius Moschus.

[3] Le prince de Carpi.

[4] Isabelle d'Este-Gonzague, marquise de Mantoue.

[5] *Ambros. E. 36 inf.*, f. 5. Sans suscription. Endossée: *Mense nouembr. 1510. In Ferr. Caesar Aragonius.*

[6] Le don d'Alde était sa propre édition des Heures de la Sainte Vierge (Ὡρολόγιον), de juillet 1505, ou celle de son confrère Callergi, d'août 1509.

liber et prae manibus et in memoria una cum Romano datore. Vale et uiue felix, et cura cito egritudinem tuam, ut te ualentem habeant et Roma et Athene. Decimo octauo cal. Xbris. Ex Ferraria [1].

Ventura.

84. *Magnifico ac eruditissimo uiro Aldo Pio Manutio Romano tanquam fratri amantissimo — uel Federico Torrisani — . Bononiae* [2].

Magce uir uti frater amantissime, salutem. Venendo il presente latore misser Thomaso bolognese la, li ho commisso faccia ogni diligentia intendare de uoi, che Dio sa gramtempo per molto che habbia inuestigato, mai ho possuto hauere certezza alcuna de uoi et uostra brighata, siche desydero firmamente intendare tucto il uostro progresso et della uostra brigata, dapoi che mi parti da uoi, maxime delle cose de Asula, che pure stimo deuiate essare stato ad Bologna, doue ho inteso essarsi ritrouato tucti quelli bisognaua per douersi assectare li facti uostri [3]; siche mi farete singulare piacere se mi scriuerete ad longum d'ogni cose et doue al presente cum la brigata ui trouarete.

Io fui pochi di sonno in Milano solo uno giorno; non possei uedere lo Antiquario nostro [4], quale tanto desidero uedere, et solo per questa causa queste feste de Pentecosta ho facto pensiero andare la; ma, due giorni sonno, passo di qua Benedicto, quale se ritorna ad li patroni uechi ad Siena, et domandai de uoi et dello Antiquario, et mi disse che ne lui ne dicto Antiquario gramtempo era che non hauieno hauta noua alcuna de uoi, che forte so stato marauigliato. Lo Antiquario sta bene et io de qua piu uolte l'ho gia mandato ad salutare. Spero in breui come ho decto uederlo, et se intendaro doue sarete, ue auuisaro. Volsi retinire decto Benedicto, secundo li ragionamenti facemo costa, et seruare pacta; non ha uoluto restare che ua cum grande promissioni; Dio li dia uentura. Et si ad uoi ue accasca mai uno similè per le mani che uoglia uenire, io lo torro uolontieri et tractarollo in modo si contentara.

In poco tempo che so stato qua sonno facte molte nouita et Dio uoglia se fusse dato bono fine; molte uolte mi so recordato delli nostri ragionamenti; magnus et mirabilis Deus. Confortate per mia parte la uostra consorte et Federico, Alexandro, Manutio, che Dio tucti cum li altri ui guardi de ogni

[1] Le jeune César d'Aragon, fils du roi de Naples, Frédéric III, était retiré à la cour de Ferrare. C'est là qu'Alde le connut particulièrement, comme en témoignait déjà la dédicace de sa seconde édition des *Erotemata* de Chrysoloras (1512).

[2] *Ambros. E. 30 inf.*, f. 32. Ce correspondant paraît être l'évêque de Massa-Maritima, Ventura Benassai.

[3] Sur le séjour d'Alde à Bologne en 1511, voir sa lettre à Bombasio (Renouard, p. 519). Alde avait alors suspendu ses travaux d'imprimerie.

[4] Jacobo Antiquario, l'hôte d'Alde à Milan, le dédicataire des *Moralia* de Plutarque (1509).

male et facci contenti. Vale, mi Alde, et me ama ut ego te diligo obseruoque, semper tuorum innumerabilium in me beneficiorum memor. Papiae. Primo Iunij 1511.

Tuus totus Ventura episcopus.

El decto misser Thomaso ue informara de certi libri desidero hauere; ui prego facciate scriuare ad Venetia se habbino, et quello costara subbito lo rimettaro; mi farete singulare piacere.

Etienne Brodarich.

85. *Clar^mo uiro Domino Aldo Manucio Romano, impressorum summo, fratri et amico optimo* [1].

Excellentissime uir, amice obseruande, salutem ac prosperitatem. Iusseram cuidam librario Alemano, Iordano nomine, Veneciis agenti sexto iam circiter abhinc anno, tum uidelicet cum ego ex gymnasio Patauino in patriam redirem, ut quaedam opuscula Ioannis illius Pannonii [2], pro quorum impressione et ego tunc et herus meus preterea apud te egerat, in manus tuae dominationi daret. Quod si factum ab illo est, rogo tuam dominationem uelit libellos ipsos ad manus magnifici ac reuerendi domini oratoris Regis nostri, qui tibi praesentes reddet, dare. Ne enim uir tantus perpetuo carie obsitus lateat, decreui opuscula eius omnino in lucem emitti curare, idque auxilio ac uoluntate domini mei [3]. In quo et ipsi [domino] meo et mihi rem gratissimam tua dominatio faciet, quae optime ualeat. Ex Buda. xvij Kal. Octobr. M.D.XII°.

Bonus frater ac deditissimus,

Stephanus Brodariich dd. secretarius R^mi D. Quinquecclesiensis cancellarii Regis Hungariae.

Giovanni Giocondo (Iucundus Veronensis).

86. *Domino Aldo Minutio uiro humanissimo, atque amicissimo. Venetijs* [4].

Messer Aldo mio charissimo, De qui in questi caldi grandissimi et pericolosissimi ognuno attende a uiuere et star sano, ne de altro se ragiona.

[1] *Ambros. E. 36 inf.*, f. 16. Endossée: *17 oct.* [sic] *1512. Brodariich secretarius ex Buda.*

[2] Voir la longue biographie de Jean de Cisinge *(Pannonius)* dans les *Analecta* de M. E. Abel, Buda-Pesth, 1880.

[3] L'évêque de Fünfkirchen, alors chancelier du roi Ladislas VI, est le même Georges Szakmáry, dont il est question dans la lettre 23, comme évêque de Varadin.

[4] *Vat. 4104*, f. 50. Endossée: *Frate Iocondo.* Ce document a une certaine importance pour la biographie encore si peu connue de l'illustre architecte; nous en avons donné une

Sonnonsi amalati Bernardino et un altro [1] che menai cum meco da Venetia, che fin qui me costano de bon ducati. Quanto fusse expectato et adiuncto, quanto fusse ben excepto da molti et maxime dal Summo Pontifice, li effecti el dimonstra; non ue dico de parole grande et multiplice, ma de fati. In primis me dono cento ducati de oro de camera [2]. Apresso me pago, per la pensione de uno anno de una casa tolta apresso el palazo et san Pietro, ducati 80 de carlini, ne la quale de presente io habito cum giardini, loze etc. Da poi me dono el gouerno dela Fabricà de San Pietro [3], che se tira dreto de gran regalie et usque ad summam de 300 ducati a l'anno et anchora meglio, ut mihi dicitur. Apresso me ha constituito ducati quatrocento de oro de camera de prouisione ordinaria a l'anno, pagati dal Car.le de S. Maria in Portico [4] cum una simplice quietanza de mia mano, et quando uoglio et come uoglio. et gia et inanti trato ne ho riceputi 150, dicendomi dito Cardinale da parte del Nostro Signore che questa prouisione e per ordinario, et che non guardi ad questa, ma quanto piu uoro, tanto piu me sera donato, et che adimandi et attenda a uiuere et far bona cera, chel desidera de alongarmi la uita piu che puo. Hec eadem uerba et largiora habui ex ore Pontificis ter uel quater. Per altra uia me sono sta donate due bone mule et item una bota de bono uino uermiglio, et una de bono uino biancho.

Sonno uenuti li uostri Columeli et Cornucopie, et marauegliati che nulla habiati scripto che me ne sia dato [5]. De li Cornucopie ragioneuele e che anchora io ne habia uno o duj, per rispecto del mio Nonio et Festo Pompeio. De li Columeli fu pacto nostro che me desti 10 ducati et 10 Columeli [6], et che de li altri donde sonno occorse mie fatiche me faresti bona particella, siche, messer Aldo, omne promissum est debitum, saluo che promitto promittis non stia per attendere. Subito che sonno azonti li Columeli ne ho fatto ligar uno

traduction française dans le *Courrier de l'Art* du 9 mars 1888 *(Recherches sur Fra Giocondo de Vérone)*. — Le ms. *2823* de l'ancien fonds grec de la Biblioth. Nat. de Paris est un autographe de Zacharie Callergi écrit à Padoue, et contient le *Plutus* et les *Nuées* d'Aristophane, l'*Hécube* et l'*Oreste* d'Euripide, avec scholies; au v° du f. 246 et dernier, se lit l'ex-libris: *Ioa. Iucundus.*

[1] Ce sont sans doute des serviteurs.

[2] Aucun des détails qui suivent ne figure dans la dernière biographie de Fra Giocondo, due au P. Vinc. Marchese, *Memorie dei più insigni pittori, scultori e architetti domenicani*, 4e éd., Bologne, 1878-79, t. II, p. 218 sqq. Cf. Müntz, dans la *Gazette des Beaux-arts*, 1879, II, p. 520, et le t. II des *Inscr. christ. U. R.* de M. de Rossi.

[3] Fra Giocondo oublie absolument de nommer son collègue Raphaël.

[4] Le cardinal Bibbiena.

[5] Alde venait de publier sa collection des Agronomes latins; le texte était dû à Fra Giocondo, qui y avait joint une belle dédicace à Léon X. L'année précédente, Alde avait réimprimé les *Cornucopiae* ou commentaires sur la langue latine de Niccolò Perotti, et les avait fait suivre de plusieurs importants textes latins: Varron, Festus, Nonius. Un grand tiers de ces textes était inédit et ajouté par Fra Giocondo, qui avait de plus, pendant son séjour en France, collationné Nonius sur des manuscrits de Paris. C'est à ces divers travaux que fait allusion, dans les phrases qui suivent, l'illustre architecte-philologue.

[6] Renseignement précis sur les honoraires d'auteur au temps d'Alde.

per donar al Papa, cum lo quale offeretur occasio di parlar de uuj, et questo faro gagliardamente. Multa haberem uobis scribere, sed ocium non datur. Communicate queste cose mie cum messer Andrea Nauagiero [1] et ricommandatime a luj.

Romae. Die 2 aug. 1514.

El uostro frater Iocundo.

Lettres non datées.

87. *Litteratissimo uiro Aldo Manutio Romano* [2].

Guli. Latimerus Aldo suo s. p. dicit.

Venit ad me heri sacerdos ille Brixianus ad quem lectus de quo tecum Venetiis agebam attinet. Vir quidem (ut uidetur) simplex et bonus, sed nescio an de rebus suis nimium sollicitus; nam quum die Veneris tarde uenisset Patauium, ad me postridie mane uenit, et prius fere quam salutaret, quid de lecto esset factum et an iam penes me esset interrogauit. Ego uero lectum in tuto esse respondi, non tamen in praesentia penes me esse, sed si illi magnopere lecto opus esset, me uelle curare et breui haberet, sin minus, illum posse pecuniis illis uti et alias quandocunque opus esset lectum haberet. Ille se iam ualde indigere aiebat mirarique quod eum a Venetiis (quum id per Dominicum me rogasset) non transtulissem. Rogare me deinde uehementer incoepit, ne sibi (quando ipse alioquin nobis utilitati fuisset) iam aliqua in re detrimento essem, id plane futurum, nisi ut quamprimum lectum haberet curarem. Ego hominem extra metum esse iussi, meque ut paucos omnino intra dies lectum haberet curaturum promisi. Proinde te rogo ut ad me, uel etiam ad Franciscum, quum primum commode poteris lectum mittas. Videtur enim ut quamprimum restituatur et ad honestatem Thomae et fidem meam pertinere. Vale. Patauij. Pridie No. Nouembris.

Est praeter lectum et id quod capiti supponitur, etiam puluinus Dominici.

[1] On voit l'intérêt que porte Navagero aux travaux et à la personne de Fra Giocondo, dans ses lettres conservées à la Bibliothèque Marcienne et indiquées par Cicogna, *Delle inscr. Venez.*, t. II. p. 320, et Marchese, *l. c.*, p. 214. On en trouvera des extraits à nos *Additions*.

[2] *Ambros. E. 36 inf.*, f. 26. Ce billet, assez insignifiant par lui-même, nous apprend du moins les rapports intimes qui existaient entre Alde et William Latimer, pendant le séjour de celui-ci à l'Université de Padoue. On sait que Latimer devint plus tard l'un des amis d'Erasme et des restaurateurs des études classiques en Angleterre.

88. *Messire Aldo Imprimeur demourant a Venise dauant St Augustin, ou les bailler en la botique de liures a lenseigne de la tour, pres de pont Realto* [1].

Scripsi iampridem ad te, uir doctissime, de serenissime regine nostre in Hungariam susceptione, cum nominibus quorumdam librorum grecorum qui multi sunt in ea bibliotheca quam magnificentissimus rex Mathias olim construxerat. Regina nostra optime ualet et, quod plurimum te delectabit, iam in ea de conceptione magna apparent indicia, quod toti regno gaudium incredibile pariet. Tantus inter eam et regem mutuus est amor ut uehementiorem esse non possit, ita ut uterque felicem se pro sorte sua reputet, estque iunctis principibus usque adeo grata ut magis regina Hungarie nulla fuerit unquam, ita ut tota Hungaria rueret potius quam inter eos (quocunque fortuna uertat) aliquid incommodi pateretur. Sepe meminit de tot tantisque honoribus a magnificentissimis Venetis eidem exhibitis, quorum non immemor erit quamdiu uiuet. Quemadmodum in aliis litteris ad te scripsi redire post hiemem decreui et inter redeundum te uisitabo; tunc quoque de rebus omnibus latius commentabimus. Etenim hic nulla est mihi cum Hungaris consuetudo nec ulla mihi esse potest cum eis in bonis litteris excitatio. Itaque quantocius potero reditui me disponam. Regina iam multum perfecit in latino sermone, quae se quamplurimum tibi commendat estque in quibus poterit tibi obsequi paratissima [2]. Rogo me commendes dominis meis illi doctori medico ad quem Venetiis erat mihi gratissima consuetudo [3], domino Paulo [5], domino Ioanni sculptori diligentissimo [4], et instanter domino Andree bibliopole compatri tuo. Vale feliciter. Ex Buda. Decembris 19.

Tuus ex animo seruulus,
Ioannes Capellanus.

[1] *Ambros. E. 36 inf.*, f. 8. La lettre paraît écrite par un français, Jean Chapelain (?). On voit qu'il vient d'accompagner en Hongrie une jeune reine; cette reine ne peut être qu'Anne de Foix, qui avait épousé, en 1502, le roi Ladislas VI, successeur de Mathias Corvin.

[2] Voilà un nom nouveau sur la liste des nobles et savantes dames qui ont encouragé les travaux d'Alde.

[3] Sans doute Ambrogio Leoni, médecin de la famille d'Andrea d'Asola.

[4] Peut-être Paolo Canale.

[5] On n'a point de renseignements sur les relations d'Alde avec les peintres ou sculpteurs de son temps.

ADDITIONS

Le recueil de la Bibliothèque Ambrosienne *E. 36 inf.*, auquel nous avons fait beaucoup d'emprunts, contient d'autres lettres adressées à Alde. Au f. 11, est une lettre originale du marquis de Mantoue, François de Gonzague, du 25 juillet 1506; le texte a été publié, d'après le registre des lettres du prince à l'*Archivio Gonzaga*, par A. Baschet (*Aldo Manuzio*, p. 35). Au f. 12, est une lettre d'un certain Ambrogio Tarello, qui s'occupait des affaires d'Alde à Asola (*Asulae, 29 oct. 1506*); nous n'en avons pas pris copie. Au f. 23, est un singulier document qui n'a pas moins de quatre pages, en italien et en latin, et qui a pour but d'engager Alde a dédier à Jacopo Agilaro un des volumes qui sortent de ses presses. C'est un éloge pompeux de ce personnage et de sa famille; on y apprend en passant qu'il possède un manuscrit d'Origène et que « magistro Baptista [carmelita] Mantuano historiam de origine huius gentis et eius gestis longo et prope diuino poemate tractat et iam libros sex compleuit. » Suit une analyse de ce poème. Cette prolixe requête, qui vient peut-être d'Agilaro lui-même (elle ne porte ni date, ni signature), ne paraît point avoir convaincu notre imprimeur; elle montre du moins à quel point ses dédicaces étaient recherchées. En voici le début:

Alto Manutio Romano s. p. d.

Perche amplificando la lingua greca e latina el nome de li homini ingeniosi, dedicandolli le opere che fate imprimere, faceti celebre, et ale opere prestati auctorita et splendore per qualloro a li qualli sono intitulate, quante opere che haueti poste in luce, tanti graui homini per le inscriptioni uostre ui haueti fatto amicissimi, donde se li richeze se debeno extimarse secundo il numero et qualita de li amici uui seti el piu richo homo de Italia; uno homo solo mi pare che manca a uoi et che nel numero di quelli che haueti approbati non seria posto fra li ultimi, se (come e uostro costume) lo ingegno et lo animo considerati; questo e uno Iacobo Agilaro di la casa del gran capitano di Hispagna s^r Cossa Ferrante di Agilari, el qualle il Iacobo di ogni doctrina e studioso et maxime de philosophia et theologia....

Nous avons donné dans l'Introduction une liste des lettres à Alde qu'on trouve dans les livres imprimés; il faut y joindre trois lettres latines de Parrasio, gendre de Chalcondyle: la première, écrite de Vicence, est dans les *Epistolae clarorum uirorum selectae* de Paul Manuce (1556), p. 152 de la réimpression de Cologne, 1586; les autres, attribuées à l'année 1514, sont publiées par Cataldo Iannelli dans son *De uita et scriptis Auli Iani Parrhasii*, Naples, 1844, pp. 171 sqq. (Le texte autographe est à la Bibl. Nat. de Naples, *V. F. 9*).

Il y a un passage de la correspondance d'Egidio de Viterbe relatif à la célèbre édition princeps de Platon (aldine de 1513); le futur cardinal écrit de Rome, le 24 février 1509, au frère Gabriel, provincial des Augustins à Venise: « Accepi duas archas libris plenas.... Aldo dicas universam Italiam post Plutarchum Platonem expectare, nam, iam tandem stet promissis, eius fidem calumnia non esse carituram. » (Bibl. Angelica de Rome, ms. *Q. 4. 6.* f. 36; livre VIII des lettres d'Egidio Canisio, lettre 45).

Les lettres d'Andrea Navagero citées en note, sous la lettre 86, renferment les passages suivants sur Alde et Fra Giocondo; M. A.-M. Desrousseaux a bien voulu les transcrire pour nous à Venise, au *Marcianus It. 143, cl. X*, ff. 42-46:

21 déc. 1510: « Vi prego che trouate per amor mio Marc'Antonio Michel. Credo che l' conoscete; se non lo conoscete, fateuelo mostrar ò à Marc'Antonio Contarini ò à Gasparo, et diteli che mandi à tor quel libro, cioè quell'opra di Panthoo, che già mi domandò da ms. Frà Iocondo, ch'lo al mio partir mi dimenticai mandar à tor et mandargliela. Et dite à Frà Iocondo che gliela dia, al quale assai mi aricomandate; et diteli ch'io era per scriuerli una lettera, ma perchè il mezzo il qual adesso si parte mi fà instantia non posso; la qual cosa è causa ch'a uoi si troncamente scriua et non ui empia una carta di zanze. »

Padoue, 10 mai 1514: « Iu pur son à Padoua ne credo partirmi questi 2 giorni. Voi scriuetemi, et se ci sono lettere ò da Roma ò da Mantoua mantatelemi. Auisatemi ancora se hauete scritto à Treuiggi et mandata littera alcuna.... Scriuetemi se messer Aldo hà incominciato à far il Quintiliano et quando ue ne bisognerà. Item se Frà Iocondo è partito. »

Padoue, 13 janvier 1515 (1516 n. st.): « Vi scrissi per Gabriel di messer Aldo, ne mi scriuete hauer tal littere riceuute. Se non le haureste hauute fatteleui dare, et dimandate a messer Aldo la Grammatica di Chrysoloras, come ui scrissi, et mandatelami. Il Lucretio hauerete quest'altra settimana. Non poteua io hauer la peggior noua che l' non restar del M^co^ messer Daniel di Veniero, ma patientia. » (Nouvelle demande du *Chrysoloras* et nouvelle annonce du *Lucrèce* dans une lettre du 17 janvier).

Ces lettres sont adressées: *Al mio cariss° et hon. fratello ms. Io. B. Ramnusio. In Ven^a^.* Les éditions aldines qui s'y trouvent mentionnées, *Quintilien* de 1514 et *Lucrèce* de 1515 (1516), ont été exécutées par les soins de Navagero. La dernière citation est postérieure à la mort d'Alde, arrivée le 6 février 1515 (1514 style vénitien).

INDEX NOMINUM

www.ingramcontent.com/pod-product-compliance
Ingram Content Group UK Ltd.
Pitfield, Milton Keynes, MK11 3LW, UK
UKHW021822190726
13853UKWH00003B/1128